지평리에서

지평리에서

발행일   2025년 4월 11일

지은이   홍창화
펴낸이   손형국
펴낸곳   (주)북랩
편집인   선일영   편집   김현아, 배진용, 김다빈, 김부경
디자인   이현수, 김민하, 임진형, 안유경, 한수희   제작   박기성, 구성우, 이창영, 배상진
마케팅   김회란, 박진관
출판등록 2004. 12. 1(제2012-000051호)
주소   서울특별시 금천구 가산디지털 1로 168, 우림라이온스밸리 B동 B111호, B113~115호
홈페이지 www.book.co.kr
전화번호 (02)2026-5777   팩스   (02)3159-9637

ISBN   979-11-7224-569-6 03810 (종이책)   979-11-7224-570-2 05810 (전자책)

(주)북랩 성공출판의 파트너

북랩 홈페이지와 패밀리 사이트에서 다양한 출판 솔루션을 만나 보세요!

홈페이지 book.co.kr   •   **블로그** blog.naver.com/essaybook   •   **출판문의** text@book.co.kr

작가 연락처 문의 ▸ ask.book.co.kr

작가 연락처는 개인정보이므로 북랩에서 알려드릴 수 없습니다.

홍창화 소설집

지평리에서

이별과 회한 속에서도
삶은 흐르고,
지나온 모든 순간이
우리를 단단하게 만든다.

북랩

목차

불빛

◇◇◇

저녁을 먹고 나더니 요즘 집에 와 있는 작은 아이가 피아노 앞에 앉아서 'Lake Louise'를 연주합니다. 나는 그 곡을 좋아합니다. 경쾌하고 맑은 선율은 호수 위를 통통 튀어 다니는 물방울 같다는 생각이 들곤 합니다. 만년설이 뒤로 둘러싸인 옥색 물빛의 아름다운 호수의 모습도 생각나고, 이민 오기 전 그러니까 이제는 20년이 다 되어가는 그 옛날에 식구들과 같이 여행했던 기억도 나곤 합니다. 그때 보았던 아름다운 광경은 결국 우리를 이 머나먼 곳으로 오게 만든 요인 중의 하나가 되었습니다. 저렇게 멋있는 광경 곁에서 사는 것도 삶에 의미를 부여하는 것이라고 생각하며 뿌듯해 하기도 했었습니다. 남들은 멀리서 일부러 보러오기도 하니까요.

하지만 편안한 마음 한편으로 저려오는 느낌을 지울 수가 없습니다. 이민 생활의 외로움은 오늘 같은 가을 저녁에 더 깊어지기 때문입니다.

밖에 나와 앉으니 아스라이 어두움이 찾아드는 아래 동네가 한 눈에 들어옵니다. 어디가 어딘지 분간이 희미해지는 중에 여기저기서 불빛들이 나타나며 자기 자리를 차지합니다. 큰 불빛, 작은 불빛들이 뽐내듯이 번쩍번쩍하기도 하고 수줍은 듯이 희미하게 숨어 있기도 합니다. 가끔은 빨간색 노란색을 띤 불빛도 있고 바쁜 듯이 서둘러 달려가

지평리에서

는 불빛도 있습니다. 그 불빛들은 저마다 다 사연을 가지고 있을 겁니다. 또 제각기 자기의 역할이 있을 겁니다. 즐거운 일, 슬픈 일, 큰일, 작은 일이 있는 그곳에서 묵묵히 바라보며 비춰주고 있을 겁니다. 자기의 감정을 섞지도 않고 비틀지도 않을 겁니다. 그러면서 흐뭇해 하기도 하고 안타까워하기도 하겠지요. 나름대로 조화를 이루며 비추고 있겠지요. 어떻게 보면 정적이고 어떻게 보면 아주 역동적입니다. 어제와 같은 듯하면서 어제와 다르기도 합니다.

그러나 거기에 나는 없습니다. 그 불빛마다의 사연에 내가 끼어들 여지가 없습니다. 내가 알지 못하는 사람들의 불빛이고, 나에게는 아주 낯선 사연들의 불빛입니다. 저들이 서울의 불빛이었다면 아주 낯익은 광경일 수도 있을 텐데 말입니다. 저 불빛이 전에는 어떠했고 저 너머 보이지 않는 곳에는 어떤 불빛이 있는지도 알아낼 수 있었을 겁니다. 저 불빛이 왜 빨간색인지, 달려가는 불빛은 왜 달려가야 하는지도 알 수 있었을 겁니다. 그 동네에서는 어떠한 사람들이 살고 어떤 일이 자주 일어나는지를 알고 있었을 거니까요. 다 나의 일이고 나하고 가까운 사람들의 일이었을 테니까요.

또한 불빛 하나하나마다 추억과 사연을 엮어낼 수도 있었을 겁니다. 앞에 있는 큰 불빛은 눈이 오는 모습을 한참 올려다본 적이 있는 부잣집 선배네 집 앞의 가로등 불빛 같고, 산 오른쪽에 있는 긴 불빛은 술에 취해 지루하게 걸었던 그 불빛 같고, 바로 앞에 보이는 높은 불빛은 연애 시절 피해 다니던 너무 밝았던 그 불빛 같다는 등….

저런 불빛이 없었다면 얼마나 적막했을까 생각해 봅니다. 저녁마다 나누는 식구들과의 대화가 없었겠지요. 밤샘 작업을 할 수도 없고, 아련한 가슴속을 스윽 만져주는 책을 밤새워 가며 읽을 수도 없었겠지요. 불빛으로 인해 우리의 생활이 훨씬 더 정다워지고 훨씬 더 다양해진 겁니다.

우리가 저 불빛을 하나씩 나누어 갖는다면 내 것은 저 빨간 것도 아니고 저 큰 것도 아니고 아름답고 소박한 가족의 모습을 비추는 멀리 있는, 저 불빛이 내 것이었으면 좋겠다는 생각을 해봅니다. 식구란 것이 그런가 봅니다. 가정이란 게 그런 것 같습니다. 어렵고 힘들 때라도 항상 그 자리에서 나를 지켜봐 주는 그런 것 말입니다. 낮에는 보이지 않더라도 밤이 깊어질수록 자기의 모습을 나타내 보이는 그런 모습이, 평소에는 있는 듯 없는 듯하다가도 어려울 때는 서로 부둥켜 안게 되는 식구들 같아서 그렇습니다. 저기에 저런 게 있었는가 싶은 그런 곳에서도 작지만 항상 그 자리에 있는 저 불빛과 같이 말입니다. 그래서 크고 화려하기보다는 오래 오래 간직할 수 있는 그런 모양이었으면 좋겠습니다.

30년도 더 된 먼 옛날 어느 늦은 저녁에, 집사람과 노량진 언덕 위에 둘이 앉아 서울의 밤 풍경을 바라본 적이 있었습니다. 그때도 불빛이 많았습니다. 남산 위에 큰 불빛도 있고 여의도의 화려한 불빛도 있고 한강 강가에 죽 늘어선 아파트에는 똑같이 생긴 불빛들이 저 보란 듯이 가지런히 줄 서 있었습니다. 그런데 아무데도 우리의 불빛은 없었

지평리에서

습니다. 우리는 우리 불빛을 갖기를 간절히 바랐고 얼마 되지 않아 정말 우리의 불빛을 갖게 되었습니다. 남산 자락의 작고 초라한 불빛이었지만 그 불빛 아래서 우리는 마주보고 웃으며 저녁도 먹고 책도 읽고 우리 아기의 손짓 발짓을 보기도 하고 또 까르르하는 웃음소리를 듣기도 했습니다. 어느 가난한 연인들이 우리의 불빛을 부러워할 거라고 생각하면 그 작고 초라한 불빛은 더 아늑하고 포근해졌습니다.

어느 날 우리의 불빛이 조금 커졌습니다. 시간이 더 많이 흐른 어느 날에는 불빛이 두 개가 되고 또 세 개가 되었습니다. 불빛이 비추는 모습도 달라져 있었습니다. 작고 소박한 가구 대신 크고 화려한 가구를 비추고 있었습니다. 귀밑머리 하얘지는 아내를 비추고 있었습니다. 두꺼운 가방을 메고 돌아오는 아이를 비추고 있었습니다. 먼 곳으로 이민 가는 이야기를 하는 우리를 비추고 있었습니다.

지금도 그 불빛은 저 먼 그곳에서 저녁이면 켜질 것입니다. 우리가 그토록 소중해 했었지만 두고 온 불빛이 되었습니다. 우리를 기다리고 있는 불빛이 되었습니다.

이제 저녁이 되면 나는 여러 개의 불을 켭니다. 큰 불빛도 있고 작은 불빛도 있습니다. 이 불빛들이 다 같이 크고 화려하길 바라지 않습니다. 작은 불빛은 작은 방을 비추고 큰 불빛은 큰 방을 비추면 됩니다. 너무 큰 불빛은 나로 하여금 찡그리게 만들기도 하고 때로는 아예 눈을 감게 만들기도 합니다.

그런데 가끔은 이 불빛이 내 것인가 할 때가 있습니다. 이 불빛 속에 있어야 할 게 빠져 있습니다. 나의 어머니도 없고 나의 추억도 없고 나의 친구들도 없습니다. 나의 불빛 속에 가득 채우고 싶어했던 소중한 것들입니다. 그들을 대신해서 무엇을 채워야 할까 생각하면 아득합니다. 또한 나의 존재가치를 인정해 줄 사회적 네트웤도 없습니다. 내가 어떤 사람인지 내가 그동안 어떻게 살아왔는지 증명해 줄 소중한 것들입니다. 그것은 선천적으로 또는 오랫동안 만들어 온 나의 자산이요, 어찌 보면 나 자신일 수도 있습니다. 그런데 그게 없습니다.

아래 동네의 불빛은 아직도 찬란합니다. 하지만 저기 움직이는 불빛은 아까 것이 아닐 겁니다. 저 노란 불빛이 비추는 모습도 달라져 있을 겁니다. 저 집 큰아이가 들어 왔을 수도 있습니다. 작은 아이는 이미 잠이 들었을 수도 있습니다. 새로 켜진 불빛이 있을 수도 있고 그동안 꺼져버린 불빛이 있을 수도 있습니다. 겉으로 보기에는 같아 보여도 말입니다.

피아노 소리가 멈추었습니다.
그저 켜놓은 불빛은 아무도 읽지 않는 신문이나 거실을 공허하게 비추고 있습니다. 누가 알아주지 않아도 자기의 역할을 충실히 하는 것 같습니다. 빙그레 웃어 주는 것 같습니다. 축 처진 나를 비추고 있습니다. 나의 가정을 비추고 있습니다. 이 불빛 속에 나의 것을 다시 채워 넣기 위해 큰 숨을 들이쉬며 마음을 다져봅니다. 모든 것이 정다워집니다.

지평리에서

나의 불빛을 돌아봅니다.
나의 불빛이 소중합니다.
그 불빛이 비추는 나의 삶이 소중합니다.

Nights in White Satin

◇◇◇

퇴직이라는 것이 이미 오래전부터 예정되어 있어서 나에게 한 걸음한 걸음씩 다가오고 있다는 건 나나 식구들, 그리고 주위의 누구나 다알고 있는 사실이었다. 하지만 막상 퇴직을 하고 나서 아침에 갈 곳을모르고 빈 걸음만 왔다 갔다 하게 되자, 충분히 준비가 되어 있다고믿었던 그 퇴직이란 것이 어느 날 갑자기 나에게만 찾아온 암 선고처럼 느껴져 무슨 일을 해야 할지 몰라 나를 당황하게 만들었고 스스로조금씩 나약해져 감을 느끼게 되었다. 처음에는 친구들과 만나서 등산도 하고 당구도 치고 술도 한 잔씩 했지만 반복되는 그런 생활을 20년, 30년을 할 건가 하는 회의감이 들기 시작했다. 20년이라는 세월은무엇을 해도 될 만한 시간이지만 이 나이에 리스크를 감당해가며 일을 저지르기는 망설여 질 수밖에 없어서 그저 하루하루를 보내는 데급급해 하고 있었다.

그러다가 우연히 구청 사무실에서 운영하는 컴퓨터 교실에서 배운블로그는 나의 생활을 바꾸어 놓았다. 남의 블로그에 들어가서 좋아하는 음악을 한 번씩 듣고 나오는 것보다 내 블로그에 내가 좋아하는글을 모으고 음악을 찾아서 간단한 추억과 함께 올려놓으면 어린 시절이 정리되고 젊은 시절이 떠오르면서 그때의 그 인생을 다시 한번 살아보는 기분을 느낄 수 있었다. 누구에게 보일 필요도 없고 어떤 보상을 바랄 필요도 없이 그저 나 혼자 좋으면 되는 일이었다. 지금에야 기억해 줄 사람도 없고 그 얘기는 틀렸다고 시비 걸어 올 사람도 없는 사연이나 추억을 조금은 과장해 가며 또 가끔은 남의 얘기도 덧붙여 가며 지금의 감정으로 아쉬운 말을 남겨 놓고 흐뭇해 하는 일은 나 혼자만의 가상 세계에서 사는 것 같았다.

'앵두나무 우물가에 동네처녀 바람났네…' 이런 노래가 있었지, 하면서 찾아서 붙여놓고 있으면 생각이 꼬리에 꼬리를 물고 나는 그 시절로 돌아가 있곤 했다. 할머니가 몸을 좌우로 흔들면서 웅얼웅얼하던 '빈들에 마른 풀같이 시들은 나의 영혼…' 하는 찬송가를 혼자 듣다 보면 어린 시절 다니던 언덕 위의 작은 교회가 눈에 선하게 들어왔다. 거기에는 이미 오래전에 돌아가신 할머니가 찬송가 가방을 어깨에 메고 부지런히 걸어가고 있었고 수줍고 수줍어하던 예쁜 인숙이도 살며시 웃으며 나를 바라보고 있었다.

그런 생활을 하다 보니 나만의 세계에 빠져들게 되고 내일은 무엇으로 채울까 하는 생각으로 머릿속이 가득하였다. 과거의 세상으로 들어가서 그때는 무엇을 하고 있었나 생각하다가 그때 다른 결정을 했으면 어땠을까 하는 가상의 세계가 또 만들어지곤 했다. 그렇게 되면서 절제하자 하면서도 글은 자연스럽게 길어지게 되고 어느덧 글솜씨도 조금씩 늘게 되고 팔로워가 들어오기 시작했다. 팔로워는 나의 그런 감정에 동조해 주었고 그들과의 대화는 지나간 시절을 같이 음미하면서 동류의식을 느끼게 되곤 했다.

그러다가 그녀의 메시지를 받은 것은 지난 겨울이었다. 모르는 이름으로 들어와 '공감이 갑니다. 이런 음악을 들을 수 있군요' 하는 댓글을 달아줄 때는 그저 '감사합니다' 하는 형식적인 멘트로 답했었다. 그런데 몇 번의 대화가 오가면서 내 글에 대한 배경이나 추억에 관한 얘기가 오가며 대화가 길어지기 시작하더니 어느 날 갑자기 1:1 대화를 요청해 왔다. 약간의 망설임은 있었지만 가상 세계에서 사는 우리가 1:1 대화를 못 할 이유가 없다고 생각했다. 대화는 그저 블로그에 실린 얘기들을 나누어 보는 정도의 일상적인 것이었다. 그런데 대화를 하면서 그녀가 내 또래가 아니라는 걸 짐작하게 되었다. 나는 주로 경험담을 얘기하는 데 비해 그녀는 역사적 사실이나 남으로부터 들은 얘기를 하고 있었다. 그러더니 아무래도 한번 만나서 얘기하자고 했다. 나는 살짝 고민을 했다. 적어도 그 당시 나에게는, 블로그의 세계와 현실의 세계는 구분되어 있었다. 블로그의 세계와 현실의 세계를 연결하고자 하는 의도는 전혀 없었던 것이다. 블로그를 운영하면서 모임이 많아졌다, 돈을 벌었다 하는 얘기를 종종 듣기는 했지만 나는 오히려 그쪽으로 흐를까 봐 경계해 오던 터였다. 내가 좋아서 하는 일이고 나의 과거와 현재와 미래를 주욱 연결해 보고 싶다는 생각이었을 뿐 다른 길로 빠져들까 점검하며 돌아보곤 했었다.

'저를 이상한 여자라고 오해할 수 있다는 거 잘 알고 있습니다. 하지만 안심하세요. 이상한 사람이 아니고 지극히 평범한 30대 중반의 가정주부입니다.'

지평리에서

나는 정중히 거절했다.

'제가 좀 게을러요. 움직이는 걸 좋아하지 않습니다. 블로그 안에서도 대화가 충분히 가능할 겁니다.'

'예. 이해합니다. 사실은 선생님 세대를 소재로 글을 좀 쓰고 싶어서요. 소재를 구하다 보면 모두 다 성공한 얘기, 돈을 많이 번 얘기, 출세한 얘기 그런 거예요. 하지만 제가 원하는 건 아주 평범해서 우리 모두가 공감할 수 있는 그런 얘기를 쓰고 싶어요. 선생님 세대는 산업화와 민주화 운동을 다 겪은 세대잖아요. 많은 얘기가 감추어져 있다고 생각해요. 물론 선생님 얘기만 쓰는 건 아니고요, 여러 사람 얘기를 들을 거니까 너무 부담 갖지 않으셔도 돼요. 블로그에 있는 얘기를 조금만 더 자세히 얘기해 주시면 되는 거지요. 부탁드려요.'

'저는 얘깃거리가 될 만한 인생을 살아온 사람이 아닙니다. 따분할 거예요.'

'바로 그런 거요. 저는 그게 더 좋아요. 사실은 얼마 전에 올려주신 그 음악이요. Nights in White Satin이요. 그 음악을 듣고 한번 만나보고 싶었어요. 아주 많이 알려진 곡은 아니지만 나름대로 굳건한 팬이 있는 곡이잖아요. 그 음악과 같이 눈에 띄는 역할은 아니어도 어느 자리에선가 자기의 역할을 꿋꿋이 해 오신 분들이 많잖아요. 그런 분들의 역할과 삶에 대해 관심이 많아요.'

'사실은 그 곡에 대해서 잘 몰라요. 블로그에서 썼듯이 오래전에 잠깐 알던 친구가 좋아했던 곡인데 생각이 나서 올려 본 것뿐이에요.'

'네. 그런 얘기를 듣고 싶은 겁니다. 훌륭한 분들의 얘기는 여기저기서 얼마든지 찾을 수 있어요. 아주 평범해서 내 곁에 있는 그런 얘기가 더 공감이 간다고 생각하거든요. 그런 게 필요해요. 다시 한번 부탁드립니다.'

나는 난감해졌다. 이상한 사람이 아닌 것 같았지만 딱히 만나서 할 얘기도 없는데 그렇다고 또 무조건 거절하기도 미안한 지경이었다. 무엇보다도 내 블로그의 굳건한 팬이 생겼다는 것이 별 것 아니라 하면서도 뿌듯한 기분이 들었다. 내 인생에 공감을 해 주는 사람이 있으면 전혀 잘못된 인생을 살아온 건 아닐 거라는 안도감도 생겼다. 점심시간에 잠깐 만나면 무슨 일이 있겠나 싶은 생각에 점심이나 같이 하자고 했다.

'선생님이 명동에 있는 은행에서 오래 근무하신 것 같아요. 그러면 복잡한 시간이 지나서 1시에 설렁탕집 미성옥 어떠세요?'

미성옥. 블로그에도 썼지만 야근할 때면 설렁탕 먹던 곳이고 저녁에 퇴근해서도 소주에 수육을 먹던 집이다. 이제는 그녀에 대한 호기심이나 막연한 거리낌보다는 오랜만에 가 볼 그곳에 대한 추억과 설렁탕 맛이 옛날과 같을까 하는 기대감이 더 내 마음을 사로잡고 있었다.

오랜만에 나와보는 명동거리는 낯익은 듯하면서 낯설었다. 퇴직 바로 전에는 몇 년을 지방에서 근무한 데다 퇴직 후에도 일부러 올 기회가 없었던 것이다. 새삼스럽게 나와보니 한편으로는 설레이지만 한편으로는 약한 전기가 흐르듯이 애잔한 마음이 찌르르 흘러갔다. 도로 한편으로 작은 흡연실이 생겨서 막 점심을 끝낸 듯한 직원들이 삼삼오오 모여 담배를 피우는 모습을 물끄러미 바라보았다. 그들은 오전에 많은 서류를 들여다보았을 것이다. 상사의 지시를 많이 들었을 것이다. 자부심도 느끼고 또 한편으로는 좌절감도 맛보았을 것이다. 이제는 잠시 담배 한 대 피면서 마음을 가다듬고 오후를 준비하는 것이다. 어깨에 얹혀 있는 무게가 적지 않을 것이다. 그들은 직원이고 과장이고 또 집안의 가장인 것이다. 나의 10년 전 20년 전 모습이다. 오늘은 블로그에 이 마음을 올릴까 하는 생각이 들었다.

크고 화려한 간판들을 지나 작고 어두운 골목길로 들어서자 이미 점심을 마치고 나오는 정장 차림의 직장인들이 담배를 물고 또는 손수건으로 땀을 닦으며 포만감을 즐기는 듯 삼삼오오 모여 있었다. 그 제일 안쪽에 '50년 전통 미성옥'하는 설렁탕집이 하나도 변한 게 없이 그대로 있었다. 심지어는 아슬아슬하게 매달려 있어서 언제 떨어질지 조마조마했던 그 노란 간판이 아직도 그 모양 그대로 매달려 있었다. 힐끗 웃으며 안으로 들어서자 깔끔하고 넓어진 내부에 잠시 멈칫했다. 밖에서와 달리 안에는 예전 모습이 아니었던 것이다. 어색했다. 예전에는 같이 온 직원들과 빈자리 찾아 앉으면 되었는데 두리번 두리번 얼굴도 모르는 누구를 만나야 하는 것이다. 구석에 혼자 앉아 있던 여인 하나가 나를 보고 급히 일어나 인사를 했다.

"조경석 선생님이시지요?"

"예. 제가 조경석입니다."

"나와 주셔서 감사합니다. 혹시 바람 맞는 거 아닌가 했어요."

"바람은요, 약속을 했는데요."

내가 어색하게 인사를 하고 맞은편 의자에 앉자 그녀도 자리에 앉았다. 작지 않은 키에 수려한 용모였다. 그녀의 단정한 옷매와 친근한 인상은 내 긴장감을 단번에 풀어주었다.

"왜. 망설이셨잖아요. 다시 말씀드리지만 저 이상한 여자가 아니니까 안심하세요. 그냥 선생님의 옛날 얘기가 듣고 싶어서 만나 뵙자고 했어요."

"글을 쓰시려면 무슨 사건이나 기막힌 인연 같은 게 있어야 하는데 저는 그런 게 없어요. 그냥저냥 살아온 재미없는 사람이에요."

메뉴라고 해봤자 예전이나 지금이나 설렁탕과 수육밖에 없이 단출했다. 둥그렇게 정리되어 나온 수육 맛은 예전과 같았으나 분위기가 달랐다. 그때는 항상 일의 무게가 어깨에 있었고 내일이 주제였는데 오늘은 감상적이고 옛날을 돌아보는 분위기였다.

"야근할 때 많이 먹었어요. 맛이 변하지 않고 그대로네요."

"예. 모든 게 변해 가는데 가끔은 변하지 않는 게 있어요. 사람도 그랬으면 좋을 텐데 말에요."

"겉은 변해도 기본 성품은 깊은 곳에 남아서 변하지 않고 있겠지요."

"상황이 달라지면 성격도 달라지는 거 아닌가요? 너무 평탄하게만 살아오셔서 성품이 달라질 만큼 굴곡이 없었나 봐요."

"글쎄요. 남들보다는 평탄했겠지요. 큰 굴곡은 없었으니까요. 우리

지평리에서

세대가 전쟁은 안 겪었어도 IMF를 겪었다는데 그것도 별 탈 없이 지났으니까요."

블로그에서 이미 대화를 나누어 본 적이 있는 데다 오늘 왜 만나자고 했는지 미리 얘기를 해서인지 대화는 의외로 자연스럽게 이어지고 있었다.

"사실은 국가를 위한 고뇌와 사명감 그런 것보다는 내 앞에 놓인 사랑과 불투명한 미래에 대한 불안감이, 일반적인 젊은이들의 고민 아닌가요? 특히 선생님 세대는 산업화, 민주화의 흐름 속에서 가치관의 혼란이 더해져서 그 고민의 강도가 더 심했을 것 같은데요."

"할 수 없이 얘기가 나오는군요. 우리를 흔히들 '낀 세대'라고 하잖아요. 전통적인 가치관이 아직도 굳건한 사회에서 세태는 빠르게 변해 가는데 우리가 그 흐름을 다 읽고 따라갔을까요? 항상 좌충우돌했다고 봐야지요. 우리 앞의 선배들은 산업화의 역군이고 뒤의 후배들을 민주화의 주역이라고 하는데 우리는 산업화의 끝자락이고 민주화 운동의 시작 세대인데 사실은 이도 저도 역할을 제대로 못했지요. 특히 내가 그랬죠. 그러다 보니 큰일이 있어도 한 발자국 떨어져 바라보는 습관이 있어요. 객관적이라고 변명하지만 사실은 비겁한 행동이지요."

그저 얼굴이나 보자 하던 처음의 의도와는 다르게 말이 길어지고 있었다.

"아마 다시 태어나도 비슷한 인생을 살 거예요. 친구들이 시국을 논하고 돌멩이 던지러 다닐 때도 나는 관심이 없었으니까요."

"그래서 제가 선생님을 뵙자고 한 거예요. 요즘은 아무리 자기 PR시대라고 하지만 마치 자기가 역사를 다 뒤집어 놓은 것처럼 얘기하는 게 오히려 더 진부해요. 그 사이에서 갈등하고 고민하며 서로 사랑을 느끼고 우정을 감싸주는 그런 얘기들이 더 좋아요."

"사랑도요, 똑똑하고 잘난 애들이 하는 거예요."

"그러면 선생님은 중매 결혼하셨어요?"

"아니요. 은행에서 같이 근무하던 직원하고 오래되니까 정들고 그러다가 결혼했지요. 너 없으면 안 돼. 이 결혼 못하면 죽어 버릴거야. 뭐 그런 불같은, 어쩌면 간절함 그런 건 없었어요. 그게 나예요."

"Nights in white satin을 같이 듣던 여학생이 있었다고 했잖아요."

"있었죠. 하지만 나하고는 아주 다른 애였어요. 예쁘고 똑똑하고 야무지고 부잣집 딸이고…. 아무튼 나는 항상 주눅이 들어있었어요. 처음부터 내 짝은 아니라고 생각했었어요."

"그랬어요?"

그녀는 단순하게 동의해 주었다. 뭔가를 더 묻고 싶어하는 그녀를 재촉했다.

"나갈까요?"

그녀가 가만히 뒤따라 왔다. 햇살이 눈을 어지럽게 했다. 외국인 관광객인 듯한 한 무리가 이 가게 저 가게를 신기한 듯이 들여다보고 있었다.

"아이들이 돌아올 때까지 시간이 좀 여유 있어요. 30분만 더 시간을 내주시겠어요? 이리해서 한 바퀴 걷고 가시면 어때요?"

대낮에 소주 한 병을 마신 것이 거나했다. 각 지방 아니 각 나라의 음식점이 다 있는 골목을 지나 은행 건물을 바라보았다.

"은행 생활 32년 중에 절반이 넘는 18년을 이 건물에서만 근무했어요. 아직도 올라가면 내가 보던 서류들이 쌓여 있을 것 같아요."

"선생님은 그런 면에서 열심히 사신 거예요. 부끄럽지 않게요."

"그런가요? 고마워요. 다시 산다 해도 그저 그런 인생이겠지요. 하지만 군데군데 아쉬움이 남아요."

"그런 얘기를 듣고 싶어요. 다음에는 그런 얘기를 해 주세요."

우리는 은행 건물을 한참 바라보다가 큰 증권회사 건물을 끼고 살짝 늘어진 언덕길로 올라섰다. 재개발이 한참이라서인지 건축 자재들이 길바닥에 널부러져 있고 이런저런 팻말들이 여기저기 흐트러져 있었다. 이미 완전히 딴판이 되어 버린 동네가 되었지만, 그나마 남은 낯익은 건물들이 재개발을 기다리며 애처롭게 웅크리고 있었다. 이 건물들마저 다 사라지고 새 건물들로 채워지고 나면 이 동네에서 이루어진 나의 젊은 날의 기억도 사라질 것이다.

"여기에 칼국수집이 있었어요. 막걸리하고 빈대떡이 맛있었어요. 저쪽에는 수향이라는 오래된 한정식 집이 있었는데 그것도 없어졌네요. 이 골목은 가까이 있으면서도 참… 무심했네요."

"예. 사람들은 남들이 가는 데만 가고요, 남들이 바라보는 데만 바라봐요."

그런데 작은 건물들을 돌아 몇 걸음 올라서자 나는 깜짝 놀랐다. 큰 건물들 사이로 작고 낡은 건물 하나가 빼꼼히 보였다. 건물보다 거기에 매달려 있는 붉은색 검은색의 현수막이 먼저 눈에 띄었다.

"야아. 저기 교회가 남아 있네요. 다 없어진 줄 알았는데. 향린교회…."

"향린교회요?"

"예. 민주화 운동의 중심이었고 담임 목사님은 항상 사찰대상이었지요. 아까 얘기했던 그 애와 두 번인가 왔었어요. 그 애가 가보자고 해서 엉겁결에 따라왔었는데 나야 원래 교회를 다녔지만 그 애가 한참이나 앉아서 진지하게 기도하는 게 낯설었어요. 그리고 나서 목사님과 인사도 나눴었지요."

그녀는 나를 한참 바라보았다.

"그때는 교회 간판보다 누구를 석방하라. 무엇을 보장하라. 뭐 그런 구호가 더 크게 달려 있었어요. 지금도 몇 개가 남아 있네요. 그러다가 은행에서 교회 다니는 사람들끼리 신우회를 만들어서 매주 목요일 점심시간에 얼른 밥 먹고 여기 와서 20분 정도 예배보고 그랬어요. 서로 바쁘다 보니 오래가진 못했지만…. 아직도 이 교회가 남아 있을 줄 몰랐어요. 잊고 있었어요."

"곧 이사간대요. 여기도 재개발이 되나 봐요. 추억의 장소가 또 하나 없어지네요. 아쉽게도."

"그런가 보네요."

다시 한번 내게서 가벼운 한숨이 흘러나왔다. 작고 오래된 건물들이 옹기종기 모여 있던 풍경은 사라지고 웅장하고 큰 건물들만 내가 주인이라는 듯이 버티고 있는 사이로 젊고 만만한 직장인들이 심각하게 얘기를 나누고는 안으로 들어가는 광경이 어색했다. 작은 언덕길을 올라섰다. 그런데 큰 건물들 사이로 작고 낡은 또 하나의 건물이 큰 건물 등에 업혀 있듯이 남아 있었다. 아래층은 작은 편의점이 있고 2층에는 세로로 '타임'이라고 한글 간판이 달려 있었다. 2층을 올려보다가 나도 모르게 이름이 흘러나왔다.

"타임…."

"여기도 아세요?"

"물론이죠. 그 애하고 그 Nights in white satin을 처음 들은 곳이에요. 은행에 다닐 때도 점심 먹고 몇 번 와 본 적이 있었는데…."

말없이 서서 2층을 올려만 볼 뿐 특별히 할 애기가 없었다.

"들어가서 커피 한잔하고 가세요."

그녀가 내 팔을 잡아끌며 재촉했다. 계단은 여전히 좁고 가파랐다. 삐걱거릴까 했는데 의외로 단단했다. 난간을 잡고 올라서자 둔하게 생긴 문이 굳게 닫힌 듯 버티고 서 있었다. 밀고 들어서자 안은 어두컴컴하고 조용하게 클래식이 흐르고 있었다. 어둠이 눈에 익어갔다. 내부는 예전과 크게 달라진 게 없이 안쪽 깊숙이 주방이 있을 뿐 자유로운 배치 그대로였다. 우리는 창가 쪽으로 다가갔다. 창가라고 해봤자 유리에 장식을 해놔서 밖이 보이지는 않았다. 먼 옛날 그때도 그랬었다. 둘러보니 손님이라고는 안쪽에 여자 손님 하나와 구석 쪽에 커플 한 쌍이 있을 뿐이었다. 일하는 종업원은 안에 있는지 보이지 않았다.

그녀가 앉지도 않고 서서 물었다.

"커피 말고 다른 거 드실 거예요? 제가 주문하고 올게요."

"커피 한잔하지요. 그냥 블랙이에요."

다시 돌아온 그녀는 자리에 앉으며 강조하듯이 힘주어 말했다.

"제가 Nights in white satin 음악을 신청했어요. 유튜브로 연결해서 틀어줄 수 있대요. 그래서 두 번 연속 틀어달라고 특별히 부탁했어요."

잠시 후에 커피가 나오고 종업원이 슬쩍 바라보고 갔다. 같은 음악을 두 번이나 시키고 도무지 어울리지 않는 사이가 궁금했을 거다.

커피 맛이 향긋했다. 진한 맛이 몸속에 흐르자 긴장이 확 풀어지는 느낌이 들었다. 그녀도 말없이 커피를 마시다가 음악이 흐르자 몸을 뒤로 젖히며 눈을 지그시 감았다. 음악이 몽환적인 분위기로 시작해서 절규하는 듯한 간절함으로 이어지면서 머언 옛날이 눈앞에 아른거렸다. 그 애는 어떻게 이런 음악을 알고 어떻게 이런 카페를 알게 되었을까. 그리고 어쩌다 나하고 여기엘 오자고 했을까. 돌아보면 나는 그 애에 대해 아는 것이 별로 없다. 그녀가 몸을 일으켜 앉으며 물었다.

"선생님. 가사 중에요, 이해하기 어려운 대목이 있어요."

"노래 가사요?"

"예. 가사 중에요 'Letters I've written, never meaning to send'라고 했잖아요. 편지를 썼어요. 하지만 부치자고 쓴 건 아니에요. 그게 무슨 말인가요? 편지를 썼으면 보내야 하는 거 아닌가요? 아예 편지를 쓰질 말든지."

"그래요?"

나도 자세를 고쳐 앉으며 말했다.

"나는 이해 할 수 있어요. 누구를 좋아하게 되면 마구 말을 하고 싶

28   지평리에서

어져요. 아무렇지도 않은 것도 얘기하고 싶고 괜한 걸로 크게 웃고 뭐 그러잖아요. 그렇게 되지요. 편지도 그 말하는 방법 중에 하나잖아요. 그 사람은 꼭 하고 싶은 말이 있었을 거예요. 그러니까 편지를 썼겠죠. 아마도 사랑한다는 말이겠지요? 하지만 보낼 용기나 자신이 없었던 거예요. 처음부터 자기에게는 그런 용기가 없다는 걸 알면서 편지를 쓴 거죠. 나는 충분히 이해할 수 있어요."

"처음이야 그렇겠지만 만남이 계속되면 교감이 쌓여갈 거잖아요. 그걸 서로가 느끼지 못할까요?"

"단순히 만남이 계속된다고 교감이 생기진 않아요. 서로 다른 데를 바라보고 있으면…"

음악이 끊겼다. 잠시 침묵이 흘렀다. 그녀가 주위를 한번 둘러보고는 시계를 확인했다.

"죄송하지만 아이가 학교에서 올 시간이 돼서 저는 가봐야 해요. 다음 주 다시 한번 봬요. 괜찮으시지요?"

"예. 그럽시다."

이번에는 선선히 약속했다. 그녀는 나를 환하게 바라보며 웃었다.

"그런데 선생님 참 잘생기셨네요."

내가 쿡 웃었다.

처음 그 애를 만난 것은 내가 3학년 1학기를 마치고 군대에 가기 위해 휴학을 했을 때였다. 보통 휴학은 2학년이나 3학년을 마치고 하기마련인데 나는 1학기를 마치고 그것도 개학이 되고 나서 9월에나 휴학을 한 것이었다. 특별히 무슨 목표가 있거나 군대를 안 가겠다는 것도 아니었는데 어영부영하다가 더 늦으면 복학하고 나서 애매할 것 같은 생각에 등록을 포기한 것이었다. 그러다 보니 입영 인원이 밀려 있어서 입대까지 몇 달이 걸릴 거란 통보를 받고 매일 학교 앞에서 당구 치고 술 마시는 일로 시간을 때우고 있었고 학교는 매일 시위로 떠들썩할 때였다. 우리는 앉기만 하면 시국이 어떠니 정의가 어떠니 하면서 티격태격하곤 했지만 그런 데에 무심한 나는 아예 그런 논의에 끼어들지 않았었다.

그러던 어느 날 같이 술을 마시던 무영이가 담배 사러 간다고 나갔다가 교회 친구를 우연히 만났다고 데리고 들어 온 여학생이 그 애였다. 얼핏 보기에도 상당히 야무져 보였다. 남자들 틈에 들어왔어도 기죽지 않고 주욱 한번 돌아보더니 대충 알겠다 하는 표정이었다.

"우리 교회 친구야. 요 앞에서 우연히 만났어. 건너편에 있는 학교에 다녀. 공부도 잘하고…."

"만나서 반가워요."

소개나 인사는 무성의했다. 무영이가 그 애한테 술을 따랐다. 그 애는 술잔을 받아들더니 우리를 둘러보았다. 내가 잔을 들어 응답했다.

"예. 반갑습니다."

그 애가 나와 잔을 부딪치더니 단숨에 마셨고 우리도 환영한다는 듯이 단숨에 마셨다. 인사는 그걸로 족했다. 우리는 다시 하던 얘기로 돌아와 민주주의와 자본주의를 논하면서 목소리를 높이더니 결국 또 다시 싸움이 붙었다.

"넌 이 새끼 생각이란 게 고 따위밖에 못하면 인생이 풀리겠니? 미래를 봐야지 미래를."

"이 세상은 말로만 다 되는 게 아니야. 어린 놈아."

결국은 '너 밖으로 나와. 한판 붙자' 하면서 나가고 또 말린다고 우르르 나가고 자리에는 우리 둘만이 남게 되었다.

"왜 안 나가세요?"

그 애가 다시 술잔을 내게 내밀며 물었다.

"하루이틀 저러는 것도 아니고… 이제는 식상해요. 나는 군대 가려고 휴학했어요. 군인 아저씨는 빠지래요. 원래도 관심이 없었구요. 그냥 술만 먹어요."

"군대 가세요? 언제요?"

"모르지요. 영장이 나와 봐야 하는데 요즘은 밀려서 몇 달 걸릴 거래요. 이참에 좀 놀자고 생각하고 있어요."

"그래요. 군인 아저씨가 편한 위치일 수 있죠. 죽어라 공부해서 대학 오고, 오고 났더니 쌈들만 하고… 쉴 만한 자격이 있어요."

"그렇게 이해해주시니 고맙네요."

"내 이름은 경실이에요. 아까 친구들이 경석이라고 부르던데 비슷하네요."

"그런가요?"

"그런 의미에서 내일은 우리 둘이 한잔하실래요? 군대 가기 전에는 할 일도 없다면서요?"

"그럼요. 할 일 없어요."

"그러면 내일 종로서점 뒤에 주천이라고 있어요. 거기서 3시에 봐요. 괜찮지요?"

우리의 만남은 그렇게 시작되었다. 만나도 특별히 할 일이 없던 우리는 그냥 걷다가 술 마시고 또 걸어다니는 단순한 일상을 반복하였다.

그러다가 어느 날 그녀의 왼쪽 귀밑으로 깊은 흉터가 있는 걸 발견했다. 어쩌면 항상 목 타가 있는 옷을 입더니 그날은 일부러 보여주려는 듯이 목이 훤히 드러나 보이는 옷을 입었다. 내가 흉터를 보는 순간 움찔하는 모습을 그녀는 관찰하듯이 바라보았다. 나는 얼른 하늘이 어떻고 가로수 낙엽이 어떻다 하면서 말머리를 돌렸다. 그녀가 환하게 웃으며 맞장구를 쳐 주었다.

"그래. 하늘에는 하얀 구름, 눈앞에는 예쁘게 물들어가는 낙엽들, 내 옆에는 항상 내 편들어 주는 친구.. 좋다. 또 어디 가서 술 먹자."

그녀가 내 등을 치며 재촉했다.

"오늘은 우리 밝은 동네 가자."

"밝은 동네?"

"응. 밝을 명 마을 동. 명동."

우리가 명동에 나가서 술을 나눠 먹고 간 곳이 타임이었고 거기서 나는 처음으로 Nights in white satin을 들었다.

"나 음악 신청했다? 우리 선배가 듣던 음악인데 오늘은 너하고 들으려고…"

그녀는 눈을 지그시 감고 생각에 잠긴 듯 음악을 들었다. 표정에 울음이 섞였다고 생각을 했다. 평소에 내가 듣던 음악과는 전혀 다르면서 약간은 몽환적인 그 음악은 충격이었다. 그러면서 나를 더욱 위축되게 만들었다.

우리의 만남이 여러 번 반복되면서 친구들이 알게 되었을 때 무영이가 진지하게 얘기를 했다.

"너무 좋아하지 마라. 다친다."

그 말은 놀리는 듯하기도 하고 진지한 충고 같기도 했다. 나는 단호하게 대답했다.

"내 일은 내가 알아서 한다."

"그래 알아. 그런데 너는 여자에 대해서 특히 그 애에 대해서 아는 게 없잖아. 진심이다. 너는 소모품밖에 안 될 거야. 여자는 아무리 나이 들어도 첫사랑이 부르면 달려 나간다고 하잖아. 다친다. 다쳐."

나는 집으로 돌아와 블로그의 그 대목을 다시 한번 읽어 보았다. 항상 그랬듯이 누가 읽을 거라고 생각하며 쓴 글은 아니었다.

'무미건조하게 숫자만 맞춰가며 살아온 인생이지만 나에게도 가슴 깊은 곳에 숨겨져 있는, 하지만 아직도 생생한 사랑의 추억이 하나 있습니다. 나에게는 행운이라고밖에 할 수 없지요. 처음부터 나에게 어울리는 상대가 아니라는 생각에 내 마음을 표현하지도 못했고 속으로 항상 이별을 준비하고 있었지요. 헤어질 때의 아픔을 줄이는 방법이라고 생각하면서요. 지금은 머나먼 나라로 나가서 살고 있다고 들었습니다. 원래 꿈이 큰 아이였습니다. 지금은 그 꿈을 이루고 잘 살고 있을 겁니다. 어느 날 어두컴컴한 카페에서 눈을 지그시 감고 듣던 그 음악

을 오늘은 나도 눈을 감고 한번 들어보려고 합니다.'

다음 주 우리는 미성옥에서 다시 만났다. 훨씬 자연스러운 만남이었
다. 그녀도 편안한 옷차림이었고 지난주와 같이 어색함 없이 무슨 얘
기를 해야할까 속으로 준비도 하게 되었다. 자연스럽게 술이 나왔고
우리는 서로 몇 잔을 나누었다. 나의 젊은 날의 이야기. 청춘. 열심히
일한 나의 은행 생활. 준비했다지만 나만의 이야기는 상대방에게는 지
루한 법이다. 혼자만의 긴긴 얘기를 들어 주는 상대방은 지루했을 것
이다. 본인도 하고 싶은 얘기가 있을 것이고 또 듣고 싶은 얘기도 있다
고 했었다. 곁에 술병도 또 하나 놓였다. 갑자기 그녀가 장난기가 살짝
섞인 표정으로 내게 물었다.

"선생님. 세상에는 잘못된 정보나 가짜뉴스가 많아요. 그걸 걸러내
기가 어렵지만 그 잘못된 정보를 사실로 알고 이 세상을 살아가다가
나중에 한참 세월이 흐르고 나서 그 진실을 알게 되었을 때, 돌이킬
수가 없었을 때, 그때 느끼는 허탈함이나 배신감 같은 건 견디기 어려
울 거예요. 한잔하세요. 오늘은 애를 엄마한테 맡기고 왔어요. 선생님
하고 한잔하려구요."

나는 잔을 들고 그녀를 보았다. 얼굴은 웃음기 머금었지만 단단한
입매에 긴장감이 있었다.

"선생님."

다시 한번 나를 부르고 나서 내 눈을 정면으로 바라보았다. 나는 순
간 멈칫했다.

"선생님."

세 번째 부르는 것이었다.

"그 여자 분이요 처음 그 음악을 같이 들었다던 그분이 이민갔다는
건 어떻게 알게 되셨나요?"

"예. 처음 그 애를 데리고 온 무영이란 친구가 나중에 얘기해줬어요.
그 친구를 통해서 결혼했다는 얘기도 듣고 이민갔다는 얘기도 들었지
요. 왜요?"

"그 여자 분은 이민가지 않았어요. 그리고 선생님을 계속 보고 싶어
했어요."

"그게 무슨 소린가요?"

"우선 또 한잔하실까요?"

벌써 술은 또 한 병이 비워지고 우리는 다시 한 병을 주문했다. 뭔
가 마음 먹은 듯한 그녀의 단호함에 불안함이 느껴졌다.

"얘기를 해야겠지요? 그 여자 분이 저의 엄마에요. 그리고 지난주
타임에서 멀리 앉아 우리를 바라보고 있었죠. 엄마는 그날 밤 밤새 우
셨어요."

"예? 경실이가 엄마라구요? 타임에 있었다구요?"

나는 갑작스러운 얘기에 정신이 번쩍 들었다. 무슨 질문부터 해야
할지 몰랐다.

"예. 구석에 혼자 앉아서 우리를 보고 계셨지요."

"왜. 거기까지 왔으면서 얼굴도 안 보고…."

"저도 그렇게 얘기했어요. 그런데 이제 와서 뭐하게. 40년 전 일인데

하셨어요."

나는 기운이 주욱 빠져나감을 느낄 수 있었다. 그래 이제 와서 뭐하게. 돌이킬 수 있을까? 누구 잘못이냐 따져볼까? 그때 너의 마음이 정말 무엇이었냐고 확인해 볼까?

"우리 엄마는 이민가지 않으셨어요. 우리 아버지가 엄마와 이혼하고 이민을 가셨어요. 그걸 그 친구분이 그렇게 전달하신 것 같아요. 의도적으로…. 원래 그분은 우리 엄마에 대해 호의적이지 않았대요. 그래서 선생님을 만나지 말라고도 하셨대요. 순진한 애 건들지 말라고 심하게 하셨대요."

"그래요? 나한테도 상처 받을 거라며 적당히 하라고 했었어요."

"엄마는 상처가 많은 사람이에요. 목에 있는 상처 아세요?"

"알지요"

"왜 생긴 건지는 모르시지요? 묻지도 않으셨다면서요? 그래서 엄마도 선생님한테 더 가까이 가지 못한 거예요."

점심 시간이 지난 식당에는 이제 술 손님 몇 테이블만 남았다. 장기전으로 갈 그룹이었다. 우리도 쉽게 끝나지 못하고 길어질 분위기였다.

"엄마가 젊었을 때는 꽤 예뻤대요. 고등학교 때 질기게 쫓아다닌 동네 불량배가 있었는데 밤중에 도서관에서 돌아오는 엄마 얼굴을 칼로 그어가며 협박해서 일을 내려고 했다네요. 엄마가 온갖 몸부림으로 반항하니까 협박은 더 심해지고…. 결국 일은 안 벌어졌지만 엄마 귀밑에 흉터는 남게 되었지요. 그런데 더 심한 건 소문이었지요. 강간을 당했다. 아이가 생겨서 지웠다. 온갖 별별 소문이 다 돈 거죠. 엄마는 결국 고2 때 전학을 하고 변변한 친구 하나 없이 고등학교를 마쳤대요."

나는 얘기를 들으며 계속 제정신인가 하는 생각이 들었다. 내가 그 애에 대해서 아는 게 별로 없다고는 했지만 이런 숨 가쁜 얘기가 있는 줄은 전혀 생각도 못하고 있었던 것이다. 혼란스러웠다.

"그러다가 대학에 가서는 운동권에 합류하게 되었는데 그때 어떤 선배를 좋아하게 되었대요. 둘이 밤새가며 유인물을 만들고 매일 붙어 다녔대요. 본인이 갖고 있는 트라우마가 있어서 더 억척스럽게 매달렸겠지요? 결국은 수배되면서 둘이 몇 달을 같이 숨어 지냈는데 그때 향린교회 목사님이 많이 도와 주셨대요. 정이 안 들까요? 그 상황에? 둘은 나중에 집행유예를 받고 나왔는데 그 선배는 바로 유력 집안의 딸과 약혼을 하더래요. 지금 4선의 한정규 의원이에요. 바로 그 상황에서 엄마와 선생님이 만난 거예요."

"한정규? 변절자?"

"예. 여러 모양으로 변절자."

그녀의 말투에 적의감이 묻어 나왔다. 엄마의 입장에서 얘기하고 있는 분위기에서 어쩜 그건 당연한 얘기다.

"그랬군요. 그건 몰랐어요. 암튼 나에게 처음부터 다짐하기를 너 군대갈 때까지 우리 아무 의미 없는 인생을 살아보자고 했어요."

"아무 의미 없는 인생이요?"

"예. 그래서 우리는 그 날의 의미 없는 일 찾기 놀이도 했어요. 오늘은 무슨 의미 없는 일을 할까 고민했지요. 많이 걸었어요. 동대문에서 남대문까지 걷기. 서울역에서 노량진역까지 걷기. 남산에서 인왕산까지 걷기. 이대에서 숙대까지 걷기. 뭐 그런 식이었어요. 그러다가는 할아버지 할머니 중에 왼손잡이가 있을까 찾아보기. 그래서 탑골공원에 가서 하루 종일 앉아 있었어요. 그때는 버스에 안내양 아가씨들이 있었어요. 안내양 중에 안경 쓴 사람이 있을까 찾아보기. 그래서 한양대 앞에 있는 버스 종점에서 또 하루 종일 있기도 했었어요. 뭐 그런 식이었지요."

"그래서 찾으셨어요?"

"아니요. 못 찾았어요. 하지만 그건 중요하지 않았어요. 그 날의 의미 없는 일일 뿐이었으니까요. 걸을 때는 그래도 각자 걸으며 주위도 둘러보고 가끔 할 얘기도 생기고 하지요. 그런데 버스 종점에서는 아무 말 없이 마냥 앉아 있었어요. 버스가 들어오면 그쪽을 좀 더 자세히 바라보는 게 다였으니까요. 탑골공원에서도 말없이 둘러보는 게 전부였어요. 무슨 의미를 찾는 게 아니었으니까요."

"북한강가 모텔도 갔구요."

내가 놀라 그녀를 올려보았다. 그녀가 푸훗 웃으며 어깨를 으쓱해 보였다.

"그걸 아시네…. 네. 방 하나 잡아서 하루 종일 뒹굴뒹굴하기. 그것도 몇 번 했지요. 뒹굴뒹굴 밥 먹고 또 뒹굴뒹굴. 잠깐 산책했다가 또 뒹굴뒹굴."

"선생님. 이 세상에 아무 의미도 없는 건 없어요. 그것 자체가 의미가 있는 거죠. 걷는 것 뒹굴뒹굴한 거 다 나름대로 의미가 있는 거지요."

"아니에요. 우리는 약속했었어요. 우리의 어떠한 행동에도 의미를 부여하지 말자. 다 부질없는 짓이다. 우리의 목표는 의미 없는 하루를 보내는 것이었으니까요."

나의 말에 변명의 냄새가 났다.

"엄마는 그때 민주화 운동이나 개인적인 사랑에 한없는 회의를 느낄 때잖아요. 어떠한 것에도 정붙이기 어려울 때라는 거죠. 하지만 그렇게 얘기한다고 해서 원래 있었던 의미가 없어지는 건 아니잖아요. 더구나 청춘 남녀가 모텔방에서 하루종일 뒹굴다 나오는 게 아무 의미가 없어요?"

"나야 의미를 주고 싶었지요. 하지만 모텔방에서 나오면서도 내게 단단히 다짐을 주었어요. '오늘 하루도 아무 의미 없는 일이었다. 알았지?' 그렇게요."

"선생님. 여자는요. 어떠한 형태로든 마음에 열등감이 있어요. 눈이 작다. 입이 찌그러졌다. 점이 있다. 집안이 안 좋다. 뭐 그렇게요. 그래서 여자는 열 번 아니라 다섯 번만 찍어도 넘어가요. 그런데 우리 엄마는 상처가 아주 큰 여자였어요. 선생님은 찍어 보지도 않았지요?"

"내가 군대에 가서 편지를 썼었어요. 네 번? 다섯 번? 한 번도 답장이 안 왔어요. 나는 그렇게 생각했었어요. 역시 우리의 만남은 처음부터 의미가 없는 거였었다."

"엄마도 얘기를 했었어요. 편지를 받고 고민했었다고요. 그리고… 정말 중요한 거."

그녀가 말을 잠시 멈추고 소주를 한잔 마시더니 힘을 주어 말했다.

"엄마가 선생님 군대로 면회를 갔었대요. 원주로. 그런데 부대 앞에서 망설이고 고민하다가 면회 신청도 안 하고 돌아왔대요. 그걸 두고 두고 후회하셨어요. 그때 면회를 했으면 두 분이 달라졌을 거고 엄마 인생도 그렇게 힘들어지지 않았을 거라고 하시면서요. 엄마는 선생님 하고 결혼했다면 가장 평탄하고 행복한 인생이 됐을 거라고 했어요. 그러니 답답해요. 선생님도 좋아했었다고 하고 엄마도 후회하고 있고. 그러면서 이제라도 한번 만나보자 하면 서로 피하고… 이해할 수 없어요."

그녀는 답답하다는 듯이 언성을 높였다. 하지만 이제 만나서 무엇을 할 건가. 풀어야 할 숙제가 있다면 혹은 무슨 약속이라도 했었더라면 이제 와서라도 서로 만날 이유가 될 것이다. 하지만 아무런 이유 없이 그저 한번 보자 하는 건 괜한 구설수만 될 것이다.

그때 나도 많이 생각했었다. 계속 편지를 보내야 하나. 집 주소를 아니까 찾아가 볼까. 하지만 역시 나를 붙잡은 건 그 의미 없는 생활이었다. 왜 자꾸 의미를 부여하지 말라고 할까. 오히려 의미를 부여해야 하는 건 여자여야 하는데 하면서. 결국은 무영이 말대로 '더 큰 상처를 받기 전에 내가 포기하자'라고 했었다. 그건 군대에서 흔히 듣는 얘기였고 고된 훈련 속에 또 쉽게 포기할 수 있었다. 세월은 그렇게 흘러가 버렸다.

"엄마와 우리 아버지는 처음부터 잘 안 맞았나 봐요. 부모님들끼리 정해서 맞추어 준 짝하고 포기하듯이 해버린 결혼이었던 것 같아요.

지평리에서

제 기억에 아버지는 나에게도 살갑지 않았고 오히려 차가웠어요. 결국 엄마와 이혼하고 얼마 안 있다가 재혼해서 캐나다로 이민가버린 거지요. 그걸 선생님은 엄마가 이민을 간 거라고 알고 살아 오신 거구요."

"넓은 나라에 가서 마음껏 잘 살고 있을 거라고 생각하면서 역시 우리는 의미 없는 만남이었다고만 생각하고 있었어요."

같은 말을 반복하는 나는 풀이 죽었다.

"선생님."

그녀가 다시 힘을 주며 선생님을 불렀다. 그녀가 옆에 있는 핸드백을 만지작거리다 다시 손을 탁자에 올려놓으며 자세를 고쳐 앉았다. 나를 빤히 바라보는 모습이 뭔가 숨겨둔 얘기를 해야겠다는 단단한 표정이 나를 긴장하게 만들었다.

"혹시 우리 엄마를 그 뒤에 만난 적 없으세요?"

"그 뒤에요?"

내가 다시 그녀를 올려보며 물었다 그녀의 눈은 나를 빤히 바라보고 있었다. 눈에 불이 켜져 있는 듯했다. 나와 마주친 눈빛을 그녀는 피하지 않았다.

"네. 없습니다."

나도 단호하게 얘기했다.

"그러면 마지막 만난 게 언제세요?"

이제는 따지듯이 물었다. 나는 덤덤하게 대답했다.

"내가 군대에 가기 전날이요. 그 후로는 본 적이 없습니다."

나도 말에 힘을 주었다.

"선생님."

그녀가 다시 선생님을 불렀다. 하지만 이번에는 힘보다 눈물이 숨어 있는 듯했다.

"제가요. 제가요…. 87년생이에요. 87년 11월이요."

우리 사이에 침묵이 흘렀다. 다그침도 가라앉고 긴장감도 풀어져 힘이 빠져 있었다.

"예. 올림픽 준비로 한참 바쁠 때였군요."

종업원이 곁으로 와서 흘깃 보고 갔다. 빈 접시와 빈 술병이 애처로워 보였나 보다. 그녀는 긴장감이 다 풀어져 지친 듯 보였다. 내가 계산을 위해 일어나도 고개를 푹 숙인채 그대로 앉아 있었다. 울고 있는 건가 걱정이 됐다. 돌아와 가만히 앉자 고개를 들어 살짝 웃었다.

우리는 밖으로 나왔다. 간판에 불들이 켜지면서 거리는 온통 부산스러웠다.

"저는 명동역에서 타요. 거기까지 바래다주실 수 있으세요?"

"그럼요. 바래다 드려야지요."

우리는 말없이 걸었다. 오래된 가게다, 명품 브랜드다, 최고의 가격이다 하면서 제각기 자기 자랑을 하고 있었다. 하지만 어쩐지 거기에 나는 없는 것 같았다. 나는 먼 옛날의 초라한, 그런 가게 안에 있을 것 같았다.

"선생님."

그녀가 다시 선생님, 하고 불렀다. 이번에는 낮고 조용한 음성이었다. 그녀가 살며시 와서 내 팔을 잡았다. 그렇게 잠시 걸었다. 그녀를

지평리에서

그리움

◇◇◇

"커피 마실래?"

아내가 환자용 점심 쟁반을 복도에 내다 놓고 와서 커피를 타다 말고 내게 물었다. 내가 아니라고 대답하길 기대했는지 종이컵이 두 개였다. 내가 고개를 끄덕이자 서랍에서 종이컵 하나를 더 꺼내면서 혼잣말로 "괜찮을까?" 했다. 경수는 말없이 곁에서 바라보다가 본인들이 먹은 점심 도시락을 주섬주섬 챙겼다. 나갈 때 버리겠다는 뜻일 게다. 스티로폼 일회용 그릇에 남은 것들을 비닐봉지에 넣고는 반항하듯이 삐져나온 젓가락을 달래듯이 구겨 넣어 묶었다. 어느 일식집 이름과 전화번호가 적혀있는 젓가락 종이 봉투가 툭 떨어졌다. 그건 경수가 집어서 쓰레기통으로 던져 넣었다. 모든 것이 자기가 갈 자리로 정리된 것이다.

아내는 한 잔을 경수에게 주고는 내게도 한 잔을 건넸다.

"뜨거우니까 조심해."

"좀 많은데? 반만 줘."

내가 잔을 다시 건네주자 아내가 경수 쪽으로 돌아섰다.

"좀 더 드세요."

아내는 경수에게 다가가 경수의 손을 잡고 조심스레 따라주었다. 받아드는 경수도 두 손을 모으고 잔을 내밀었다. 아내의 노란 스웨터와

지평리에서

경수의 보라색 재킷이 잘 어울렸다. 커피를 받아 돌아서는 경수의 듬직한 체구가 당당했다.

커피 냄새와 단맛이 입안에 돌면서 몸이 느긋해짐을 느낄 수 있었다. 점심을 먹고 나면 으레 창가에 서서 밖의 풍경을 내다보면서 마시던 그 맛이다. 이미 점심을 마치고 느긋한 마음으로 내다 보는 밖의 풍경은 그리 한가롭지 못했었다. 고층 건물들이 빼곡히 들어선 거리에는 나름대로 성공한 사람들이 서울의 한복판에서 정장을 입고 가방을 들고 또는 서류 봉투들을 챙겨 들고 바쁘게 움직였었다. 그들은 목표를 이루었거나 그 목표를 이루기 위해 열심히 뛰고 있는 것이었다. 만족하고 있는가는 그 뒤의 일이다. 우선은 그들이 목표를 위해 열심히 뛰고 있는 것이고 그 생활을 위해 이미 준비를 많이 하고 부단한 노력을 했을 것이다. 그리고 그 생활을 하고자 하는 많은 사람이 부러워하는 삶일 것이다.

생각해 보면 나도 그리 궁색한 인생은 아니었다. 다시 인생을 산다 해도 이만큼 누리고 살 수 있을까 싶기도 하다. 기죽어 살지도 않았고 아쉬운 소리를 하면서 살지도 않았다. 이렇게 60인생을 마무리한다 해도 남들이 80인생을 살아야 누릴 수 있을 만큼 충분히 누리고 살았으면 사실 공평한 거다. 그러니 이제는 다 내려놓아야 한다. 어차피 천국에 가면 부자와 가난한 자도 없고 높은 사람도 없고 낮은 사람도 없을 텐데 말이다. 부부 관계나 부모 자식 관계도 없이 모두가 새로운 사랑의 관계로 맺어진다면 저 예쁘고 똑똑한 아내도 이제 놓아주어야 하고 준우도 자기 갈 길을 가게 돼야 한다.

"지난주에 고등학교 때 수학선생님이었던 김세경 선생님이 돌아가셔서 장례식이 있었어. 친구들이 네 소식을 물어보는데 고만고만하다고 했어."

경수가 조금은 망설이는 듯하면서 얘기를 꺼냈다. 좀처럼 누가 아프다거나 장례식이 있었다는 얘기를 내게는 안 하더니 오늘은 불쑥 꺼내 들었다. 나도 궁금했었다는 듯이 관심을 보이며 물었다.

"그랬니? 연세가 꽤 되셨지?"

"그럼. 아흔이 넘으셨으니까. 코로나가 뜸해지고 규제가 좀 풀려서 그런지 그동안 못 만났던 애들이 꽤 많이 왔더라. 정년퇴직을 하시고도 우리가 여러 번 모임에 초대하고 해서 만났었잖아. 서로 연락을 끊지 않고 있었던 거지."

"그랬지. 그 선생님은 우리들하고 추억이 많았지. 우리가 입학하던 해에 우리 학교로 오셨다잖아. 그래서 항상 우리하고 동기라고 하셨지. 할 얘기도 많았겠다."

"그래. 밤늦게까지 많이들 남아 있었어. 몇 명은 새벽까지 고스톱 치느라 밤을 샜다고 하던데 난 일찍 들어왔어. 이제 밤 새면 힘들어."

"너도 힘이 들어? 하긴 나이가 나이지. 또 다른 소식은 없니? 네가 맨날 결혼식 얘기만 했잖아."

"그랬지. 사실 요즘 우리 나이가 부모님들 장례와 아이들 결혼식이 한참일 나이잖아."

이제는 서로 속마음을 속이지 말고 편하게 하자라는 뜻이라고 생각됐다.

"나도 바깥세상이 궁금하지. 어쩌면 장례 얘기는 나한테 더 편할 수도 있어. 조금 있으면 다 만날 텐데 천국에서 어리버리하면서 쟤도 벌써 왔나 하면서 몰라보면 어색하잖아."

내가 쿡 웃자 경수나 아내도 같이 웃어 보였다.

"천국으로 간다는 확신은 있는거지?"

아내가 끼어들면서 물었다.

"글쎄 내가 만나던 사람들 만날려면 지옥으로 가야 할 텐데 나 혼자 천국 가면 심심할 것 같기도 하고…"

우리는 서로 마주 보며 의미 없는 웃음을 교환했다.

김 경수, 이 자식하고도 참 질긴 인연이다. 고등학교부터 대학까지 동기인 데다 잠시 헤어지는가 싶더니 같은 아파트로 이사 오면서 또다시 인연이 이어졌으니 중간에 군대 갔던 기간까지 합해서 헤어졌던 10년을 빼도 30년 이상을 곁에서 얼굴 보며 살아온 사이다. 일찍 사업을 시작해서 공무원인 나는 항상 신세를 지는 경우였는데 그걸 마다하지 않고 챙겨주는 게 고마웠다. 물론 가끔 경찰이나 어디에서 무슨 무슨 판사하면서 나를 파는 경우가 있는 걸 알고는 있었지만 내가 직접 나서도록 불편한 경우를 만들지는 않았다. 그러다가 요즘 들어서는 동네 무슨 선도위원이나 봉사대원을 많이 해서 굳이 내 이름을 대지 않아도 혼자서 동네 유지로서 뻗질나게 바쁜 인생을 살고 있다. 6년인가 7년 전에 부인이 갑자기 암으로 세상을 떠나 혼자 살면서도 기죽지 않고 잘 살고 있는 게 참 그것도 능력이다 싶기도 했다.

"세영이 아기는 잘 크지?"

내가 애기 얘기를 묻자 자세를 고쳐 앉으며 말했다

"그럼. 다음다음 주에 벌써 백일이야. 거 참 진짜 이쁘더라. 손자 손녀를 보면 다 바보가 된다더니 나도 그렇게 되더라. 세영이가 너한테 또 아기 보여 주러 한번 오겠다고 하더라."

"그래. 지난주에 다녀갔어. 그런데 나도 또 보고 싶다. 세영이는 애기 때부터 내 며느리라고 찍었었잖아. 그래서 그런지 애기가 하나도 낯설지 않더라. 애기도 나를 보면 벙긋벙긋 웃어."

"그런데 애기를 안아보지도 않았다며?"

"안아보고 싶었지. 흐음. 안아보고 싶었지. 그런데 내 호흡이나 손길이 아기한테 안 좋을 것 같았어."

경수가 쿡 웃었다.

"암은 전염되는 게 아니잖아. 다음에는 안아보고 싶으면 꼭 안아봐."

"그래. 손가락은 꼭 쥐고 발을 내치는 게 참 너무 이뻤어."

잠시 말이 멈추었다.

"우리 아기도 이쁠 텐데…"

아내가 내 얼굴을 살폈다. 안쓰럽다는 듯이 내 손을 잡아 쓸어내렸다.

경수가 용기를 냈다는 듯이 물었다.

"그나저나… 준우는 안 오는 거야?"

"금방 온대요. 유럽에서 필름 축제가 있는데 그거 끝나면 온다고 했어요."

아내가 끼어들면서 대답했다. 아내는 다음 말을 찾는 듯했고 나는 먹다 남긴 커피 잔을 들었다. 경수가 내친 김이라는 듯이 말했다.

지평리에서

"그래야지. 빨리 와서 아버지 간호도 좀 하고 같이 지내야지."

"이번에 처음으로 자기 이름으로 영화제에 출품을 했대요."

아내가 변명을 늘어놓았다. 어쩌면 알고 있을 얘기였다.

"미국에 남아서 더 경력을 쌓고 싶어 하는 것 같아. 하고싶어 하던 일을 열심히 하고 있어. 자기 인생을 이제는 자기가 찾아가는 거지."

내내 다짐하던 말인데도 말하면서 저절로 기운이 빠졌다. 내가 확인한 것도 없고 보여줄 무엇이 있는 것도 아니었다. 그렇기를 바라는 거고 그렇게 위안을 받고 싶은 것일 뿐이다.

"애라도 많은가. 아들 하나 있는 놈이. 며느리라도 보내야지. 애기가 얼마나 보고 싶겠어?"

경수의 한숨에 원망과 질책이 섞여 있었다. 미국으로 떠나기 전에 경수에게 보였던 적대감을 모를 리 없을 것이다. 고개를 돌려 천장을 바라보았다. 말하는 친구나 말을 피하는 나나 매듭을 짓지 못하고 있었다.

"며느리가 애 낳은 지 얼마 안 되었잖아요. 몸도 약하고 아직은 긴 여행을 못하나 봐요"

아내가 또다시 변명했다. 경수가 아내의 모습을 바라보다가 말했다.

"괜한 얘기를 했나 보다."

내가 이불을 당기며 미끄러지듯 쓰러지자 아내가 다가와 이불을 덮어 주었다.

"나 좀 누울게."

"피곤해? 잘래?"

"웅. 나 좀 잘게. 당신이나 경수도 가서 좀 쉬어."

내가 베개를 당기며 말했다. 한숨을 길게 내쉬었다. 아내가 태블릿을 꺼내 들면서 말했다.

"이거 줄까? 얘깃거리라도 듣게. 오후에는 정옥 씨가 온다고 했어."

내가 고개를 끄덕이며 눈을 감았다. 눈앞에 뭔지 분간할 수 없는 낯선 광경이 휘익 지나갔다. 무지개 같기도 하고 폭풍우 같기도 하고 멋진 바닷가 풍경 같기도 한 게 도무지 분간이 되지 않았다. 어릴 때였나? 신혼 때였나? 내가 죽은 후의 모습인가?

"그래 쉬어라. 우리는 갈게."

"그래. 고맙다."

속으로 우리라는 말이 자연스럽다고 생각됐다. 다시 눈을 감아도 그 낯선 광경은 보이지 않았다. 깊은 나락에 빠지듯 몸이 편안해졌다.

깜박 잠이 들었는가 싶으면서 뒤척이다가 누가 내 손을 잡는듯한 느낌에 어렴풋이 잠이 깼다. 누군지 안다. 정옥이. 내 손등을 쓰다듬으며 나를 빤히 보고 있을 것이다. 내 손을 잡고 있는 건 분명히 정옥이일 것이다. 이대로 잠시 있을까 싶었다.

"깼어?"

살며시 눈을 뜨자 역시 정옥이가 꼭 잡았던 내 손을 놓고 일어나 나를 내려보았다. 정옥이의 얼굴에 번지는 웃음을 바라보며 내 얼굴에도 미소가 지어졌다. 반가움일 것이다. 기다림이었지도 모른다.

"깼어? 나 땜에 깼어?"

내가 고개를 가로저으며 말했다.

"아냐. 잘 만큼 잤어."

정옥이는 어린애 다루듯이 내 머리카락을 쓸어 올리며 훗, 하고 웃었다. 나도 마주 웃었다. 정옥이는 어색한 듯이 벌떡 일어나더니 창가로 다가가 커튼을 확 열어 젖혔다.

"밖에 단풍들면서 가을이 왔어. 이뻐."

"옆에 분이 주무시는데, 너무 환하면 잠 깰라."

내가 걱정스레 말하자 정옥은 갑자기 정색했다.

"또, 또, 또! 맨날 남들이. 이제는 남 얘기 고만하고 내 얘기만 하라고 했지? 뭐가 나한테 좋은가. 나는 무엇을 하고 싶은가. 그런 거. 알았지?"

정옥이는 커튼을 활짝 열어 젖혀둔 채 다시 다가왔다. 주위가 환해지자 안 보이던 것들이 보이고 흐트러진 것들도 보였다. 테이블 위의 것들을 간단히 정리하더니 밖으로 나갔다가 물에 적신 수건을 들고 왔다. 내 머리를 쓸어 올리고는 젖은 수건으로 내 얼굴을 닦아주었다. 차가운 물기가 얼굴에 닿자 나는 눈을 감았다. 그녀의 손길이 이마에서 눈으로 뺨으로 이어졌다. 정옥이가 혼잣말처럼 살며시 말했다.

"오빠는 오빠만을 위해서. 나도 오빠만을 위해서."

누가 내 몸에 손대는 것을 싫어하던 나로서는 못 믿을 만큼 편안하게 정옥이가 하는대로 맡겨 두고 있었다. 오히려 그가 하자는 대로 고개를 돌리고 턱을 치켜들어주고 있었다.

"오빠. 난 오빠가 더 나빠지지도 않고 더 좋아지지도 않고 이렇게 주욱 갔으면 좋겠다."

잠시 말을 끊더니

"그래야 내가 오빠 곁에서 이렇게 단둘이 오래 있을 수 있잖아. 오빠가 내 차지 되는 거지" 하면서 내 곁에 다가와 앉았다.

"오빠 죽으면 안 돼. 알았지? 절대 죽으면 안 돼."

눈물이 살짝 스쳐가는 듯했다. 내 어깨를 쓰다듬으며 다시 말했다.

"오빠는 내 우상이야, 어릴 적부터. 알고 있었잖아."

그랬다. 정옥이는 그걸 감추려고 하지 않았고 나도 알고 누구나 알고 있었다. 하지만 그건 어린아이들의 가슴속에 잠시 있다 크면서 없어질 거라며 누구도 심각하게 생각하지 않았었다. 내 기억에도 정옥이는 목사님 댁의 예쁜 딸이고 장난기 많은 귀여운 아이였다. 내가 방학이 되어 집에 갔다가 교회에 가면 그곳에 있는 아이였다. 정옥이는 항상 교회 옆 목사님 사택에 있는 아이였지 내 마음속에 있는 아이는 아니었다. 아니 어쩌면 그 사이에 조그만 틈새가 있었는지 모르겠다. 방학이 끝나갈 무렵 서울로 돌아올 때면 목사님께 인사드린다고 일부러 사택에 들러서 정옥이는 어디 있나 둘러보곤 했었으니까. 그러면 신기하게도 정옥이는 어디선가 나타나곤 했었다.

"오빠. 내가 오빠 옆구리 꽉 때렸던 거 기억나?"

정옥이가 뜬금없이 물었다. 나도 번뜩 기억이 났다. 갑자기 지나가다 말고 내 옆구리 쳤는데 갑작스러운 공격에 내가 옆구리를 잡고 쓰러져 버렸었다. 당사자인 정옥이는 물론이고 옆에 있던 정옥이 오빠 정택이도 놀라서 쓰러진 내 옆구리를 쓰다듬는데 어른들도 달려오고

난리 났었다. 정옥이는 머리며 어깨를 두들겨 맞으면서 혼이 나는 데도 아무렇지 않게 '참 내. 세게 치지도 않았는데 엄살이야' 했었다.

내가 그때 왜 그랬냐고 묻자 히히 웃으면서 아무렇지 않게 대답했다.

"나도 몰라. 왜 그랬는지. 그냥 지나가다가 오빠를 만져보고 싶었던 것 같아. 만져볼 수 없으니까 패버린 거지. 으이그, 그만큼 내가 오빠를 좋아했었단 말야. 관심도 없었지? 그런데 이제는 내가 맘대로 만질 수 있어서 좋다."

정옥이가 분위기를 바꾸려는 듯이 물었다.

"밖에 단풍이 예쁜데 바람 쐬러 갈까?"

내 의사는 물었지만 본인은 이미 결정을 해버린 듯했다.

"잠깐 기다려."

내 어깨를 툭 치고 나가더니 휠체어를 밀고 들어왔다.

"날씨가 쌀쌀하니까 등 뒤에 이불을 충분히 깔고…."

이불을 휠체어에 가득 깔고는 나를 부축해 앉힌 후에 앞쪽으로 당겨서 어깨까지 덮어주었다. '이거도 덮어' 하더니 자기 스웨터로 내 어깨 쪽을 또 덮어 주었다. 여자의 향수 냄새가 풍겨왔다. 항상 자기한테서는 음식 냄새가 난다더니 오늘은 신경 써서 향수를 뿌리고 온 것이란 생각이 들었다.

"아냐 내 옷은 저 옷장에 있어."

내가 손을 내저으며 옷을 벗어주었다.

"그래? 그건 내가 입어야지."

옷장에서 내 두툼한 코트를 꺼내 둘러 입었다.

"크잖아."

"아냐. 나한테 딱 맞는 거야. 딴소리하지 말고 가자."

내 코트를 홀렁 둘러 입은 정옥이는 내 뒤로 돌아와 휠체어를 밀어 복도로 나왔다. 환자와 보호자들이 오가는 복도는 비좁았다. 더러는 창밖을 바라보며 무료함과 바깥세상에 대한 그리움을 달래고 있었고 몇몇은 답답함인지 절망감인지 하소연인지 소곤소곤 얘기를 나누고 있었다. 바깥은 바쁘고 포부가 있고 사연도 많지만 이곳은 오로지 기다림과 조그만 희망에 매달려 있을 뿐이다. 하지만 그 희망의 대가는 기다림의 결과가 아니고 운명의 결과일 뿐이다.

"이 사람들 왜 복도에 나와서 이러는 거야. 응? 우리 오빠 산책 나가는데, 우리 오빠가 어떤 사람인지도 모르고 말야."

정옥이는 신이 난 듯했다.

"오빠. 나 지금 말야. 내가 변호사님 사모님 된 것 같다? 기분 좋아라."

아직 햇살이 따스하게 남아 있는 가을 오후는 평온하고 조용했다. 눈을 한쪽으로 치켜뜨면서 바라본 하늘은 그야말로 구름 한 점 없었다. 무슨 일이 일어날 수가 없는 하늘이었다. 천둥 번개는 고사하고 먹구름이나 흰 구름조차도 생길 수가 없을 것 같았다. 이런 가을 하늘을 바라본 게 언제였나 싶었다. 항상 실내에서 살다 보면 하늘은 고사하고 그 하늘 아래에 비가 오는지 눈이 오는지 바람 부는지에나 조그만 관심을 가져 보았을 뿐이었다.

"안 추워?"

내가 덮고 있는 자기 스웨터 위로 이불을 덮어 주며 물었다. 내 안색

도 한 번 살펴보았다.

"괜찮아."

내가 어색한 듯이 꿈틀거렸다.

"누가 볼까 봐 그러지? 이제 그런 것 고만하라구 했지?"

정옥이는 조용하고 한적한 느티나무 쪽으로 가서 벤치 앞에 멈춰서 더니 다가와 웃으며 내 앞에 앉았다.

"저어…. 판사님?"

지나가던 여인이 갑자기 돌아서서 물었다. 편안한 표정과 편안하게 입은 옷이 스스럼없이 누구에게나 호감을 줄 수 있는 인상이었다. 나는 잠시 멈칫했다. 분명 아는 얼굴인데….

"저요. 박성연이요. 잊으셨어요?"

"아. 맞아. 성연 씨. 오랜만이에요. 잘 지내지요?"

"예. 저는 잘 지내는데…. 판사님께서 편찮으시다고 들었어요. 괜찮으시지요?"

내게 불편을 주지 않으려는 기색이 완연히 보였다.

"그럼요. 괜찮아요. 근데. 여기는 웬일로."

내가 말머리를 돌리자 그녀도 잠시 망설이는 듯하더니 말했다.

"사실은 아버지가 교통사고를 당해서 입원해 계세요. 잠시 짬 내서 좀 보고 가려구요."

"그렇구만. 오랜만에 봐도 여전히 밝아서 좋네요. 성연 씨가 있으면 항상 사무실이 밝았어요. 결혼해서도 잘 산다고 소식은 들었어요."

"아유. 제가 사무실을 그만둔 지도 6년이 넘었어요. 저희 애가 내년에 학교 가요. 참⋯."

나는 더 이상 무슨 말로 대화를 이어갈지 생각하고 있었다. 사실 지금은 예전의 누가 어떠했다, 그의 누구가 어떻다 하며 관심을 두기에는 내 사고의 범위가 그리 넓지 못했다. 나에게 예전 일은 예전일일 뿐이고 미래의 일은 미래일 뿐이다. 나에게는 오직 오늘과 내일만 있을 뿐이다. 과거를 돌아보며 오늘을 얘기하고 미래를 설계한다는 것은 나에게는 과분한 사치다. 모든 것은 삶과 죽음 앞에서 조그맣게 쪼그라져 있었다.

"사모님도 안녕하시지요?"

그녀가 나와 정옥이를 번갈아 보더니 물었다.

"그럼요. 잘 지내지요. 조금 전까지 있다가 좀 쉬러 들어갔어요. 애는 내 동생이고."

정옥이가 고개를 숙여 인사를 하자 성연이도 마주 고개를 숙여 인사를 했다. 뭔가 오해한 건 아니라는 듯이 그녀의 몸짓이 커지면서 정옥이를 바라보며 말했다.

"판사님이요. 정말 최고였어요. 명판사셨죠. 논리가 앞뒤 딱 맞아떨어지는데 반박을 할 수가 없었죠. 법원장님도 어려운 일이 생기면 판사님만 찾으셨어요."

정옥이가 반색을 하며 맞장구쳤다.

"그래요? 오호."

그녀가 내 손을 꼭 잡았다가 놓으며 "꼭 건강을 찾으세요" 했다. 나는 고개를 끄덕여 답을 했다. 나는 그 말의 의미를 다 알고 있다. 아니 아무 의미도 없다는 것이 진정한 의미일 것이다. 정옥이가 내 동생이어도 문제없고 동생이 아니라고 해도 의미가 없다. 찰랑찰랑 손을 흔들며 걸어가는 저 모습을 나는 다시 보기 어려울 것이다. 그녀가 넘겨주던 수많은 자료, 그녀와 나누었던 수많은 대화는 이제 내 기억 속에 없다.

"사무실에서 같이 근무한 아가씨 같은데 참 명랑하다. 근데 정말 최고의 판사였어?"

정옥이가 다시 내 매무새를 고쳐주며 웃었다.

"명판사는 무슨."

"그래도 얘기 좀 해봐."

"아무것도 아니야. 예전에 목사님이 말씀하시길 인생의 답은 성경책 안에 다 있다고 하셨잖아. 판결의 답은 다 법전에 있어. 그걸 무시하고 자기가 판단하려고 하면 문제가 어려워지는 거야. 우리는 가끔 쉬운 걸 어렵게 만들어 놓고 힘들어 해. 모든 게 쉽게 해결할 수 있어. 그렇다고 인정만 하면 되는데 그걸 못하지."

내 말에 기운이 푹 빠져 있었다. 혼자 속으로 답을 만들고 있었다 '지금도 그래. 문제를 어렵게 만들 필요 없어. 내버려 두면 쉽게 해결될 일을 일부러 어렵게 만들 필요는 없는 거잖아'.

"전에 우리 사무실에서 일할 때는 앳된 아가씨였는데 이젠 아줌마가 다 되었네. 같이 근무하던 그때가 기억도 아득해. 다시 기억할 이유도 없고."

내 말이 축 처져 있었는지 그녀가 말머리를 돌렸다.

"나는 오빠가 중학교 때, 고등학교 때, 대학교 때 그리고 군대 갔을 때 그거 다 기억하는데. 나야 잘 모르지만 장교 복장이라면서 옷에 뭔가 잔뜩 붙이고 오기도 했었잖아. 암튼 볼 때마다 가슴이 철렁철렁 했었어."

나도 그렇다. 지금 기억이 나는 건 가족과의 기억 그리고 지금 내 곁에 있는 정옥이와의 기억만이 남아 있다. 그리고 그것으로 족하다. 대학에 합격했을 때의 기억, 가슴을 쑥 내밀고 다니던 연수원 시절의 기억들은 그런 게 있었나 싶다. 그보다는 '내 생명을 며칠이나 더 연장할 수 있는가'가 훨씬 더 중요하다.

"공부 잘하는 부잣집 아들. 나로서는 쳐다만 봐야 하는 오빠였지만. 그때마다 다 멋있었어. 나도 참 순정이다. 오빠가 중학교 졸업하고 고등학교를 서울로 간다고 해서 혼자 울기도 했었다. 아무도 나를 생각해주는 사람은 없었어. 그래도 나는 그냥 섭섭해서 혼자 울었어. 초등학교 5학년인가 그랬는데…. 그러다가 결혼은 내가 먼저 했지. 그때는 오빠 생각은 하지도 못했어. 그래서 그런지 오빠가 결혼한다고 했을 때는 오히려 담담했어."

수그러진 머리 위로 낙엽이 걸렸다가 떨어졌다. 바람이 한번 휘익 불자 떨어진 낙엽은 저만치 날아가 한 무더기의 낙엽과 함께 섞이고 휩쓸리며 뒹굴었다. 저 낙엽은 다른 낙엽에 비해 아직 푸른빛을 띤 채 젊은 것 같은데 왜 그리 일찍 떨어졌는가 싶었다.

"그런데 내가 천안으로 나와서 음식점을 냈을 때 오빠 이름으로 꽃이 배달왔는데 그때 내가 얼마나 놀랐는지. 이게 오빠인가 누구인가.

휴. 지금 생각해도 철렁해."

"…."

"그리고 그 음식점을 닫고 좀 큰 데로 갔더니 언니하고 와서 또 축하해주고… 그리고…."

뜸을 들이더니 나지막하고 어렵게 망설이는 듯이 말했다.

"오빠 고마워. 괜히 신세만 지고…."

왜 망설이는지 나는 안다. 자기가 나에게 보이는 호의가 혹시 그런 것 때문에 퇴색될까 봐 그럴 거다.

"그 얘기는 안 해도 돼. 내가 주고 싶어서 준 거야. 네가 방금 전에 얘기했잖아. 이제는 내가 하고 싶은 대로 살아보라구"

새로 옮긴 음식점에 인테리어를 많이 했더니 경제적으로 좀 어려움이 있다고 해서 조금 도와줬는데 그 얘기인 것이다. 아내에게 처음 얘기했을 때 뭐라고 할까 염려스럽지 않았던 건 아닌데 의외로 선선히 동의를 해 주었다. 내가 주어야겠다고 결심한 거나 아내가 선선히 동의해준 건 암세포가 급격히 활동하면서 여기저기 전이가 되고 있다며 미안한 듯이 얘기한 의사의 말이 영향을 미쳤을 거라고 치부했다.

"힘이 남아 있을 때까지 먹고 싶은 것 먹고요, 하고 싶은 것 다 하세요. 하지만 감기 걸리지 않게 조심하세요. 밖에 나갈 때는 꼭 단단히 차려입으시고요."

솔직하게 말해준 의사가 고마웠다. 무슨 일을 하든 마찬가지이듯이 죽음도 미리 준비할 것이 많은데 말이다. 그동안 암과 살아온 기간도 벌써 3년이 넘었으니 암이란 놈도 많이 봐 준 것이다. 아주 봐 준 듯하더니 놀리듯 다시 다가와 내 몸 안이 마치 자기 자리인 듯이 눌러 앉아버렸다. 그러다가 또 나가려니 희망을 걸어 보았지만 이제는 아니라고 판정을 받은 건, 한편으로 가지고 있던 불안감의 실현일 뿐인 데도 갑작스러운 판정인 듯 충격이었다.

어쩌면 아내의 입장에서는 역할 분담이라고 생각했는지도 모른다. '나 혼자 감당하기에는 이제 힘에 부쳐. 그러니 좀 도와줘. 정옥 씨나 내 남편도 원하잖아.'

"생각해 보면 난 식당을 몇 개나 했잖아. 우리 부부는 다른 건 할 생각을 안 해본 것 같아. 항상 깔끔하게 차려입고 서류가방을 들고 다니는 사람들이 부러웠어. 우리는 누구 결혼식이나 있어야 차려입고 나갔어. 나는 항상 행주치마를 걸치고 있었어."

"그게 뭐 어때서? 항상 남의 것이 좋아 보이는 거야. 나도 그랬는걸. 저 사람들은 법이나 규정을 안 따져도 되겠지. 내가 밥을 더 주고 싶으면 더 주고 국물을 듬뿍 떠서 주고 싶으면 더 떠줄 수 있는 그런 인생 말야. 우리는 하라는 대로만 해야 돼. 내 감정이나 그 사람과의 교감 같은 건 완전히 무시되지. 냉철한 이성? 그게 인생의 잣대가 되고 그게 항상 옳은 일이라고 생각했어. 참 건조한 인생이야. 네가 사는 인생이 훨씬 더 인간적이고 풍요로울 수 있어."

"그럼 다음 세상에서는 바꿀래? 내가 판사고 오빠가 우리 식당해."

"네가 식당 외 다른 길은 생각을 안 해봤다고 했잖아. 사실은 나도 다른 길을 생각해 보지 않은 것 같아. 어른들이 그래야 한다 해서 따랐을 뿐, 이게 진심으로 내 길인가는 생각해 보지 않은 것 같아. 사실

대접도 받고 궁색하지 않게 살 수 있으니까 좋은 걸로만 생각했지. 이게 하나님이 나보고 '너는 세상에 가서 이런 일을 해야 한다'고 하신 바로 그 일인가는 모르겠어."

내가 잠시 말을 멈추자 정옥이가 걱정되는 듯이 바라보며 말했다.

"괜찮아? 갑자기 말을 많이 해서 말야. 숨차지 않아?"

나도 잠시 숨을 고르며 숨을 크게 내쉬었다.

"어떻게 생각하면 그게 나의 길이고 또 너는 너의 길을 간 거지. 하지만 항상 내가 가지 못한 길에 대한 동경은 있는 거야. 누구나 그럴 거야."

낙엽이 툭툭 떨어지고 짧은 가을 해는 서쪽 하늘을 물들이며 햇빛은 점차 힘을 잃어가고 있었다. 각자 자기가 갖고 있던 붉은색, 파란색, 하얀색을 잃고 모두 검은색으로 동질화되고 있었다. 내일은 그나마도 구분 못 하게 달라져 있을 것이다. 어디에 가 있을지도 모를 것이다.

"오빠는 판검사가 될 거라고 다들 알고 있었어. 우리 아빠도 그랬고 동네 사람들도 다 그렇게 생각했었어. 물론 나도 그랬고."

"그래. 딴 길은 아예 없는 줄 알았어. 세상은 참 넓고 할 일이 많았는데 말야. 시야가 좁았다는 거지. 내 인생에 나는 없고 남들의 기대만 있고 논리만 있고 법전만 있었지. 나는 없고."

"왜 오빠가 없어. 항상 오빠가 주인공이었지."

정옥이는 왜 그러냐는 듯이 내 어깨를 쓰다듬다가 갑자기 내게 물었다.

"오빠는 내가 어떻게 살 거라고 생각했어?"

"글쎄…."

"알았어. 참 내가 괜히 물어봤지. 오빠는 관심이 하나도 없었지? 내가 어떻게 될까."

"넌 어린애였잖아. 예쁜 개구쟁이 꼬마."

"예쁘다고 해 준 것만 해도 다행이다."

정옥이가 만족스럽다는 듯이 휠체어 뒤로 가서 살며시 밀며 느티나무를 돌았다.

"꼼짝도 못하는 이 양반 데리고 어디로 멀리 가 버릴까?"

뒤에서 쿡 웃는 소리가 들렸다.

"어디로 갈려구?"

"그건 관계없어. 어디든지."

나도 어디로 가서 모든 걸 다 잊고 살아볼까 하는 생각이 들었다. 매일 보던 그 일상, 그 생활에서 벗어나 아무것도 개의치 말고 오직 오늘 하루의 삶만 생각하며 살아볼까? 죽기 전에 해야 한다고 적어 놓았던 그 일들, 참 의미 없는 것들이다. 죽었다고 알릴 연락처? 집과 예금통장 정리? 선산의 내 자리? 내가 죽고 나면 부탁한다는 그 말들. 아내야 잘 살아라? 아들아 잘 살아라? 그런 것들은 남은 사람들이 알아서다 할 것이다. 나는 다 잊고 어느 산속이나 어느 바닷가에 가서 정옥이하고 살다 죽어버릴까? 조금 힘이 나면 고기를 잡아오고 산에 가서나물도 따다 먹으며 하루하루만 지내면 되는 그런 삶을 살아볼까? 어차피 내주 내달 좀 더 길어진다면 내년 그리고 2년 후나 5년 후나 그건 내가 걱정할 일이 아닌 것이다.

"오빠. 나하고 다섯 살밖에 차이 안 나는 거 알아? 뭐 아저씨하고 꼬맹이 사이인 줄 아나 봐."

"그런가? 난 네가 내 옆구리 치던 초등학생으로만 기억하는데…. 근데 어느 날 보니까 네가 부쩍 커져 있더라."

"언젠데?"

정옥이가 급히 관심을 보이며 휠체어를 멈춰 세우고 내 앞으로 다가와 앉았다.

"목사님 돌아가셨을 때. 그때 내가 마침 천안지법에 근무하고 있어서 찾아뵐 수 있었지."

낙엽이 툭툭 떨어지며 짧은 가을 햇빛은 완연히 빛을 잃어가고 있었다. 나는 다시 숨이 차면서 말을 끊어가고 있었다.

"그때 상복을 입고 나오는 너를 보고 놀랐지. '얘가 그 꼬마 맞나?' 하고."

"어땠어?"

"예뻤어."

"진짜?"

"그럼. 나한테 음식을 챙겨 나오는데 울었던 자국이 살짝 보였는데, 그 기억이 있어."

"나도 기억나. 안에 있는데 오빠가 왔다고 갑자기 난리더라구, 나는 오빠하고 얘기라도 할 수 있으려나 했는데 오빠는 이미 사람들한테 둘러싸여 있어서 내 차례가 없었어. 그때나 저때나 나는 항상 바라만 보고 말았지. 음식이 떨어지면 또 가보려구 자꾸 얼쩡거리거나 했지.

그런데 오빠는 금방 가 버렸잖아. 가기 전에 나한테 와서 뭐라고 했는지 기억나?"

"네가 고생 많구나."

"아이고 그걸 어떻게 기억해? 와 대단하다."

"달리 할 말이 없었어."

정옥이가 내 팔등을 살짝 때리고는 뒤편으로 가 버렸다.

멀리 정문 쪽에서 앰뷸런스가 요란한 소리를 내며 응급실로 달려가고 있었다. 나와 전혀 관계없는 듯했던 광경이 이제는 남의 일이 아닌 듯이 관심을 갖게 되었다. 응급실에서는 환자를 옮기느라 부산스럽게 움직이고 있었다. 저 환자는 위급한 환자인가? 그러면 오늘 밤에 죽을 수도 있는 건가? 나는 이렇게 나와 있는데 저 환자는 지금의 이 낙엽도 못 보고 죽겠네 하는 생각이 들었다.

"그나저나 준우는 언제 온다구?"

"유럽에서 영화제 마무리되는 대로 온대."

내가 무심코 대답하자 그녀가 한숨을 쉬며 "걔는 아버지가 이런데 뭐하고 있는거야?" 말하고는 살짝 내 눈치를 봤다.

"놔둬라. 걔는 자기 길을 가는 거고 나는 내 길을 가고 있는 거야. 이렇게 가는데 뭐 남길 게 있겠니, 바랄게 있겠니."

내가 슬픈 가을 하늘을 바라보며 말했다. 모든 것이 스러져 가는 계절 그리고 모든 것이 스러지는 이 시간이다. 나 또한 스러지는 것이고 남는 것은 없다. 나의 몸은 흙으로 돌아갈 것이고 나의 물품들은 태워질 것이다. 생각해 보면 왜 인간은 그렇게 열심히 일하는가. 국가와 민족을 위해서? 가족들이 편안하고 풍족하게 살 수 있도록? 인생의 무슨 의미를 남기기 위해서? 모르겠다. 하지만 이제는 모든 걸 놓아주어야 한다. 많지는 않아도 적다고 할 수도 없는 재산이 남았어도 아무도 그에 대해 묻지 않는 건 행복인가? 숱한 자식들이 있어서 재산 싸움이라도 하면서 마지막 나의 유언에 신경을 곤두세우는 그런 상황이라도 되었다면 내가 덜 외로울 텐데 하는 생각이 들었다. 아내나 준우나 상속에 대해서 묻지 않는 건 미안해서라는 걸 나는 안다. 어차피 자기들에게 올 거고 그것이 아니라 하더라도 밥 굶지는 않을 거라고 자신하고 있을 것이다. 내가 정옥이한테 얼마만큼이라도 도와주고 싶다고 했을 때도 아무런 반대도 없었던 건 그 미안함과 자신감에서 나왔을 것이다.

"나는 아버지로서 역할을 했을 뿐이야. 생각해 보면 준우한테 미안한 게 많아."

정옥이에게 한다기보다는 나에게 하는 얘기였다. 그래. 나는 아버지로의 역할을 했을 뿐 어떠한 권리가 있는 게 아니고, 남편 역할을 했을 뿐 어떤 권리가 있는 게 아니다. 어쩌면 이렇게 먼저 가는 건 의무를 다하지 못하고 가는 책임이 남는 것이다.

"무슨 소리야? 걔가 뭐가 아쉬워. 오빠 만한 아버지가 어디 있어? 지가 아쉬운 게 뭐가 있어? 어디 내놔도 자랑거리만 있지."

정옥이는 자기가 분하다는 듯이 흥분했다. 내가 빙긋이 웃어 보이자 한껏 더 목소리를 높이며 말했다.

"오빠가 내 아빠면 난 이렇게 안 한다. 그리고 오빠가 내 남편이면

그리움   67

난 이렇게 안 한다."

갑자기 눈물을 왈칵 쏟으며 자기가 분하다는 듯이 두 손으로 얼굴을 가리며 흐느꼈다.

"그래, 난 이렇게 안 한다. 오빠가 누군데. 어떤 사람인데…"

나도 뭐라 할 말을 잃고 먼 하늘을 바라보는 데 내 눈에도 살짝 눈물이 고였다.

"아버지 생각은 하나도 안 하고 미국인지 어딘지 달아나서, 멋대로 혼자 결혼해서 산다며? 처갓집이 중국에서 엄청난 부자라고? 그러면 지가 뭐야. 결국은 오빠 아들인걸. 지가 박사라도 그렇고 지가 대통령이라도 그러면 안 되지. 나쁜 자식."

멀리서 새 떼가 날아가고 있었다. 인도자가 있고, 따르는 무리 사이에 규율이 눈에 보이듯 확실해 보였다. 화살 모양이 흐트러지지 않고 정연했다. 가족일까? 친척들일까? 무리에서 이탈한 한 마리 새가 빙 돌더니 무리로 돌아왔다. 대오가 정비되자 앞서 인도하는 새를 따라 다같이 힘차게 날아갔다.

한 가족 세 식구. 이제 셋이서 각자의 길을 가야 한다. 나는 하나님이 정해주신 이 길을 갈 것이고 내가 이렇게 가도 세상은 흐트러짐 없이 잘 굴러갈 것이고 나와 하루 10시간 이상을 지내던 이들조차 나를 기억하지 못할 것이고 그들도 또한 세월이 지나면 또 곁에 있던 사람들에게 잊힐 것이다.

아내는 행복할까? 현실에 충실할 것이다. 유쾌하고, 어떻게 하면 사람들이 자기를 좋아하게 될지를 알고, 그렇게 행동할 것이고 또 많은

지평리에서

사람이 좋아할 것이다. 아내는 여전히 그 생활을 즐길 것이다. 그동안 내 병간호하면서 고생도 많이 했다. 처음 항암 치료를 받을 때 생각하면 그 절망감 속에서 내게 보여 준 희생과 헌신만 해도 아내는 자기의 역할을 다했다고 볼 수 있다. 경수도 마찬가지다. 항암 치료 후에 녹초가 된 나를 데리고 동해안이며 남해안이며 다니며 바람쐬고 기운차리라고 챙겨준 공을 생각하면 더할 수 없이 고마울 뿐이다.

그리고 내 아들 준우. 한참 세월이 흐른 후에는 내가 이 세상에 왔다 갔다는 유일한 혼적이 될 것이다. 나를 닮고 내 이름을 물려받은 아들. 아기 적에 나를 보면 벙긋벙긋 웃으며 기어오던 모습이 선하다. 안아 올리면 손을 힘껏 들어 올리며 까르르 웃으며 좋아했었다. 아빠가 나한테 있으면 무서운 게 없다는 표정이었다. 그때의 그 보드라운 볼. 향긋한 아기 냄새….

천국에 가서 꽃이 피면 뭐하나. 아픈 데가 없으면 뭐하나. 그런 내 아기가 없을 거면.

경수에게 대들던 모습. 왜 대들었는지 그 마음을 내가 모르랴.

나에게 울면서 대들던 모습. '영화 하는 사람의 아들이 판사가 되면 대단한 일인데 왜 판사의 아들은 영화를 하면 안 되느냐고요' 공항을 나서면서 눈물을 펑펑 쏟던 놈. 왜 그리 우는지 내가 모르랴. 그 모습도 천국에서는 없겠지. 그런 모습이 있는 곳이 천국 아닌가? 코로나로 더 이상 미룰 수가 없어서 결혼을 혼자 해야겠다고 전화했을 때, 그리고 내가 아프다는 소식을 전할 때, '죄송해요' 하며 저 너머 들리는 울음소리. 그 마음이 무엇인지 내가 모르랴. 결혼식에 참석 못 해서 미안하다고 며느리에게 잘 얘기하라고 할 때, 그리고 일이 중요하다면서 나는 괜찮으니 네 볼 일 다 보고 오라고 할 때의 내 마음을 준우가 몰랐으랴.

천국이 정말로 있었으면 좋겠다. 거기서 다시 만나서 섭섭함도 없이, 내 품에 안기던 어릴 적 그 모습으로 다시 만나고 싶다. 내 맘껏 불러보고 싶다. '준우야. 내 아들 준우야' 하고 부르면 준우도 '아버지' 하면서 달려와 내게 안길 것이다. 그때 힘껏 끌어안아 보리라.

"오빠. 왜그래?"

정옥이가 놀라서 내 눈물을 닦아주며 물었다. 옷과 이불을 여며주는 정옥이를 바라보았다. 갑자기 가슴속에서 두꺼운 기운이 차올라왔다. 아! 다시 살아보고 싶다. 다르게 살아보고 싶다. 다시 기회를 주신다면 지금까지와는 다르게 한번 살아보고 싶다. 이성적이기보다 감정적으로, 냉철함보다 따듯하게, 내가 해야 할 일을 내가 하고 싶은대로 살아보고 싶다. 인생의 중요한 순간에 다른 결정을 해보고 싶다.

갑자기 울음이 왈칵 쏟아졌다. 얼굴을 손으로 가리고 잠시 숨을 고르고 눈물을 닦아냈다. 정옥이가 놀라서 나를 끌어안으며 물었다.

"오빠, 왜 그래? 응? 왜?"

정옥이한테 소리치고 싶었다. '나 더 살고 싶어. 오래오래. 나답게 한번 살아보고 싶어.' 그러나 내 입에서는 다른 말이 나오고 있었다.

"아니야. 아무것도 아니야."

겉으로 나온 목소리는 나지막했지만 가슴속에서는 저 산 너머까지 들리도록 소리치고 있었다.

'하나님. 다시 한번 기회를 주세요. 폐암 같은 거 안 걸리게 담배도 안 피우고 운동도 열심히 해서 80, 90까지 하고 싶은 거 다 해가며 살아갈 겁니다. 준우가 훌륭한 영화감독이 되도록 모든 걸 다해서 도와줄 겁니다. 머리를 맞대고 아이디어를 짜가며 같이 살아보겠습니다. 하나님…'

"오빠. 왜 그래? 준우가 보고 싶어? 그런 거야?"

참았던 울음이 다시 터져 나왔다. 감추지 않고 나오는 대로 울어 버렸다. 울음소리도 감추지 않고 눈물도 감추지 않고 울어버렸다.

"정옥아. 나 말이야"

내가 울음을 멈추고 고개를 숙인 채 말했다.

"응 그래. 오빠."

"나 말이야 사진 속에 있는 그 애기가 보고 싶어. 내 손자. 내 손자 말야. 그 애가 보고 싶어. 죽기 전에 그 애를 한번 만져보고 싶어."

나의 울음소리는 더 커졌고 정옥이가 나를 꼭 끌어안았다. 그녀의 울음소리도 점점 커져갔다.

"그래. 그래. 그 애기 정말 예쁘던데. 정말 예쁘던데…"

우리는 서로 붙잡고 한없이 울었다. 멀리서 앰뷸런스 소리가 또 요란하게 울리며 지나갔다.

재회

◇◇◇

비행기가 쿵하는 소리와 함께 착륙을 했다. 몸이 한번 찌릿했다. 위익하는 소리와 함께 속도감이 느껴질 속도로 비행기는 달렸다. 깊은 한숨과 함께 아 도착했구나 하는 편안함이 스윽 밀려왔다. 낯익은 나무들로 가득한 야트막한 산들이 정겨웠다. 활주로를 따라 빙빙 도는 동안 괜한 조바심이 났다. 문만 열면 바로 달려나가도 될 듯싶었다. 어느 나라에나 입국할 때는 까닭 없는 긴장감이 있는데 한국에 올 때는 그런 게 없다. 내가 내 나라에 왔는데 뭐가 문제야 하는 자신감이 있고 검사관도 '우리나라에 왜 왔어요?' 하는 마음보다는 '멀리 여행갔다가 집에 오시는군요' 하는 시선에 적대감이 없다.

좁은 골목길 같은 트랩을 따라오면서 바라보는 하늘은 생각보다 깨끗했다. 황사나 미세먼지로 인해 숨쉬기도 어렵고 눈도 따가워질 거라는 얘기에 잔뜩 긴장했었던 나로서는 다행이다 하는 안도감이 가슴을 쓸어내렸다. 저마다 짐을 메고서 또는 짐을 끌면서 앞서거니 뒤서거니 하는 승객들을 보면 10시간 이상을 같은 비행기를 타고 온 사이에도 동류의식 같은 건 없는 것 같다. 비행기 안에서도 따로따로 책을 보거나 서로 다른 영화를 보면서 자기만의 시간을 갖더니 지금도 빨리 절차를 마치고 나가서 식구들을 만나야 한다는 생각밖에 없는 것 같다. 저마다 걸음이 바쁘다.

지평리에서

만남은 항상 설레는 일이다. 특히 오랜만에 만나는 가족 중에 어르신들이 있으면 더욱 그러한 것 같다. 서로 부둥켜안고 울지는 안더라도 어깨를 만지고 손을 토닥이고 있는 걸 보면 마음이 짠하다.

주위를 둘러보자 저쪽에서 희경이가 손을 흔들며 다가오고 있었다. 오랜만에 보아도 자유로운 걸음걸이며 편안한 옷차림이 금방 알 수 있었다. '짐이 별로 없네' 하는 표정으로 한번 둘러보더니 내 캐리어를 잡자 얼마 전 결혼했다는 영석이가 다가와 꾸벅 인사를 하며 넘겨받았다. 나도 반갑다는 듯이 어깨를 툭 쳐주었다.

"잘 지냈어? 결혼식도 못 가보고. 미안해."

"아이 그게 형님 잘못인가요? 그 코로나인지 뭔지 참…."

"그러게 말이다. 신혼 생활은 재미있어? 희경이 재 만만치 않을 텐데."

"저희가 사귄 지 한두 해인가요? 잘하고 있어요. 그나저나 형님도 빨리 결혼하셔야 할 텐데 저희가 먼저 해서 죄송해요. 장인 장모님이 말은 안 하셔도 굉장히 기다리는 것 같아요."

"그러시겠지. 뭐 짚신도 자기 짝이 있다잖아. 그런데 아버지는 좀 어떠시니?"

우선 물어야 할 질문부터 했다. 희경이는 다 알고 있지 않느냐는 듯이 무덤덤하게 대답했다.

"안 좋지 뭐. 의사 말로는 지난번 피를 토하셨을 때 어디 조금이라도 손 볼 데가 있나 하고 배를 열었는데 그냥 불순물하고 피만 좀 닦아내고 다시 덮었대. 어떻게 손을 쓸 수가 없데."

"음. 그래…."

나도 고개를 끄덕이며 '더 이상 할 수 있는 게 없다는 거지?' 하려다가 입을 다물었다. 돌아가실 날만 기다리는 거지? 하는 의미밖에 안되는 거였다.

"아버지가 그 와중에도 오빠만 계속 찾고 있는 거 같았어. 우리가 아무리 잘 모신다고 해도 오빠 언제 오냐고 몇 번이나 물으셨어. 당연하다 싶으면서도 좀 섭섭한데."

"진짜 섭섭한 것 같은데?"

나도 멋쩍게 웃었다. 공항 밖으로 나오자 4월의 봄 하늘이 청명했다.

주차장에 차를 세우고 병원으로 들어서면서 마음이 무거워지기 시작했다. 저쪽 뒤로 돌아서면 영안실이었던가 생각도 들고 말이 줄어들면서 걸음도 늘어졌다. 의사며 간호사들이 부지런한 걸음을 하는 복도를 말없이 희경이의 뒤만 쫓아 걸었다. 병실에 들어서자 커튼을 열어 햇빛을 쬐고 있는 아버지 곁에서 성경책을 읽던 어머니가 돋보기를 내려놓고 내게 달려왔다.

"왔구나, 아이고. 피곤하지?"

내 손을 탁탁 치며 안쓰럽다는 듯이 물었다. 어머니는 그대로인 것 같아서 다행이었다. 머리가 흐트러져 있을 뿐 흰머리도 많지 않았고 주름살도 그리 많지 않았다. 내 손을 놓지 않는 어머니에게 손을 맡기고 아버지를 바라보았다. 나를 물끄러미 바라보는 아버지의 초췌한 표정에서도 반가움을 금방 읽을 수 있었다. 희경이 말대로 나를 기다리고 계셨던 것 같았다.

"좀 어떠세요?"

"어떻긴… 괜찮다."

아버지의 얼굴에서 웃음기가 사라지며 살짝 일그러졌다. 어머니가 주스를 한 잔 따라 주면서 말했다.

"우선 이거 한잔하고 주치의 선생님을 좀 만나봐라. 너 온다고 했더니 오는 대로 자기 방에서 좀 보자고 하더라."

"그래요?"

아버지의 눈치를 슬쩍 보았다. 아버지는 다 알고 있다는 듯이 눈을 깜박깜박했다.

주치의는 컴퓨터를 보고 있다가 자리를 권하며 얘기했다. 두꺼운 안경을 쓴 젊은 의사는 날카롭다기보다는 수더분해 보였다.

"알고 계신 거죠?"

"예. 알고 있죠. 그런데 얼마나 심각한가요?"

"심각은 옛날부터 했고요, 갑자기 피를 토해서 놀랐죠. 그런데 그건 간이 아니고 위에서 문제가 생긴 거였어요. 워낙 여러 가지 약을 오래 복용하다 보니 위장이 상했던 거였어요, 위 천공이었어요."

"예. 얘기는 들었습니다. 펑크가 난거라구요."

"예. 배를 열었을 때 위는 조치를 했구요, 배를 연 김에 간을 살펴보았는데 그쪽은 생각보다 더 심각했어요."

"그러면 솔직히 말씀드리면 얼마나 더 사실까요?"

"지금까지 잘 견뎌 오신 거예요. 뭐 오늘내일 무슨 일이 날 건 아니지만 조금씩 준비는 하셔야 할 거예요. 일단 6개월이라고 생각하세요. 인간의 몸이란 게 참 신기한 거라서 주변 환경에도 영향을 많이 받아요. 좋은 일이 많이 생기고 기분이 좋아지면 더 오래오래 갈 수도 있어요."

"퇴원은….

"내일 퇴원하시고요, 급한 일이 생기면 바로 연락을 주세요."

의사는 공손하고 말에 진심이 담겨있어서 신뢰감이 묻어 있었다. 병실로 돌아와서 상태는 그만그만하다고 얼버무렸지만 누구나 다 아는 사실이라서 그런지 아무도 대꾸를 하지 않았다.

"내일 퇴원하라고 하네요."

"그래. 간호사가 와서 내일 퇴원해도 좋다고 하더라."

"아프진 않으세요?"

"간에 병이 난 게 다행히 아프지 않아서 견딜 만하다."

"아버지 면도 좀 하셔야겠네요. 면도기 있나?"

어머니 쪽을 바라보았다. 아버지는 괜찮다는 듯이 손을 내저으려다 그대로 내려놓았다. 아버지와 사이에 살가운 게 없어서 서로 쑥스러운 일이지만 내가 할 일이라고 생각이 들었다.

"그래. 그래. 면도 좀 시켜드려라. 면도를 안 하니까 더 꾀죄죄해 보이고 더 환자같어. 세수도 깨끗이 하고 면도도 하고 그러면 훨씬 훤해 보일 텐데 말이다."

어머니가 책상 서랍 안에 있던 면도기를 꺼내 주면서 혼잣말처럼 중얼거렸다.

"내가 물 좀 받아오마."

어머니가 나간 사이에 아버지를 일으켜 세우며 이불을 걷어냈다.

"어지러우세요?"

"괜찮다. 그런데 너 언제 간다구?"

"이번 주말에 중국에 가서 간단히 일 좀 보고요, 다시 미국에 가서 정리하고 바로 나올게요."

"이번 주말? 그러면… 내일 나하고 산소에 좀 다녀오자. 둘이서."

"둘이서요? 어머니하고 삼촌도 안 가고요?"

"그냥 이번에는 둘이만 다녀오자. 운전할 수 있지?"

"그럼요."

어머니가 물을 받아 들어오면서 우리말을 들었는지 퉁명스럽게 말했다.

"운전은 왜 해? 희경이 시키면 되지."

"내가 얘하고 둘이서 산소에 좀 다녀오려고. 당신도 좀 쉬어. 그동안 병원에서 자느라고 피곤했을 텐데."

어머니는 뭔가를 말하려다 그만두었다. 아버지의 얼굴에 물을 적시고 손에 비누를 묻혀서 천천히 면도를 시작했다. 어릴 적 어려웠던 아버지의 모습은 이제 없다. 내가 마음대로 얼굴을 만지고 턱을 들어 올리고 좌우로 고개를 돌려도 되는 아버지가 되었다. 피부는 주름지고 딱딱하게 굳었고 군데군데 검은 반점이 생겨있었다. 그 모습을 바라보던 어머니가 가방을 들고 일어서며 말했다.

"나 잠깐 나가서 종이컵하고 냅킨하고 몇 개 좀 사올게."

면도를 끝내고 젖은 수건으로 아버지의 얼굴을 닦아드리자 한숨을 크게 내쉬었다.

"아이구 시원하다."

"거울 좀 보실래요?"

거울을 건네자 이리저리 둘러보다가 내게 다시 건네주며 조심스럽게 물었다.

"너… 혹시 어릴 적에 창신동 어느 집에 갔던 기억나니?"

"창신동이요? 창신동이었는지는 몰라도 기억은 나죠. 어떤 아주머니하고 여자애가 살던 집이요. 나보고 누나라고 부르라고 해서 내가 누나라고 불렀었어요."

"그래. 맞다. 내일 그 애 엄마한테 가보려고 하는거다."

"그애 엄마요? 그러면 그 아주머니하고 아직 연락이 되세요?"

"아니다. 오래전에 먼저 갔지. 나도 가기 전에 꽃이나 하나 놔주고 싶어서… 할아버지, 할머니하고 같은 공원묘지니까 둘이 다녀오자."

"그러셨군요."

짠한 마음이 가슴속에 좌악 퍼져나갔다. 초등학교 3학년 때였나 생각하고 있는데 아버지가 내친 김이라는 듯이 얘기했다.

"그리고 그 여자애가 지금 탤런트하고 있는 이다혜다."

"예? 이다혜요? '산동네 사람들'에 나왔던 그 애요? 나하고 동갑이라서 우리 또래에서 인기가 좋았어요."

"그래. 중학교 때부터 탤런트를 했지. 원래는 엄지수였는데 그 애 엄마가 교회에 충실하면서 사랑받는 여자 라헬의 이름을 따서 다혜라고 예명을 지었지. 성은 굳이 우리 걸 쓰겠다고 해서 이다혜가 되었지."

"네에. 라헬이 영어 이름은 Rachel이라고 인기 있는 이름 중에 하나죠."

내가 쓸데없는 얘기를 했다 하는데 어머니가 종이컵과 몇 가지를 한가득 사 들고 와서 탁자에 올려놓으며 말했다.

"아이구, 날씨가 아직도 제법 쌀쌀하네요. 벌써 4월도 중순이고 5월이 낼 모렌데…. 그리고 넌 이제 들어가서 좀 쉬어라. 내일 또 어딜 갈려면. 집에 희경이가 저녁을 해 놨을 거다. 같이 저녁 먹고 늘어지게 좀 자라. 얼마나 피곤하겠니?"

희경이는 나를 병원에 내려주고 집으로 간 모양이었다. 내 등을 떠미는 어머니 뒤에서 아버지가 아쉬운 듯 나를 바라보고 있었다.

어느 해인가 설날이었다. 아침상을 물리자 평소에는 아버지에게 별말씀을 안 하시던 할아버지가 마음을 먹은 듯이 힘주어 말씀하셨다.

"서울 당숙 양반이 이번에 송추에 있는 산소들을 손보실 모양이다. 이번에 아예 밀례까지 하고 싶으신 모양인데 그 양반도 이제 기력이 감당치 못하는지 봉분이나 좀 없고 비석들 손보는 걸로 하시는데 자손들보고 다 모이라고 하시는데 네가 좀 다녀오너라. 내가 거기까지 가서 감당할 자신이 없다."

아버지는 잠시 뜸을 들이더니 순순히 대답하였다.

"예. 다녀오겠습니다."

"근데 이번에는 창석이도 꼭 데리고 오라신다. 우리 집에서는 장손이니까 인사도 할 겸 같이 다녀 오거라. 애한테도 알려주는 게 좋을 거다."

"창석이도요?"

아버지가 놀란 듯이 물었다. 나도 이게 무슨 일인가 할아버지를 바라보았다. 할아버지는 아버지를 바로 보시면서 다짐받듯이 얘기를 하셨다.

"그래. 마침 식목일이 월요일이니 토요일 학교 끝나고 가면 될 것 같으니 그렇게 해라."

아버지는 할 수 없다는 듯이 수락하였다.

"예."

4월이 다가오자 새 옷도 준비하고, 어른들 만나면 어떻게 인사드려야 한다, 어떻게 행동해야 한다 하는 교육도 받았다. 천안에 대학이 여러 개 생기면서 일이 바쁘다고 천안 시내에 사무실을 내고 거기서 거처하던 아버지는 얼마 전 새로 산 차를 몰고 와 마당에 세워 놓았다. 동네 아이들이 구경을 와서 감탄하고 나도 목소리가 커졌다. 아버지가 자랑스러웠다.

토요일 수업이 끝나자 할아버지께 인사드리고 바로 서울로 향했다.

오후의 따듯한 봄 햇살을 등에 받으며 깜박깜박 졸던 나는 어깨를 스윽 만지는 촉각에 잠을 깨고 보니 어느 골목길에 차가 닿아있었다.

"자 들어가자."

아버지는 그게 누구네 집인지 설명을 하지 않았다. 나는 잠에 취한 채 눈부신 햇살을 온 몸에 감싸 앉고 일어나질 못하고 있었다. 아버지가 차문을 열어 나를 잡아주며 등을 툭툭 쳐 주었다. 문을 살며시 열고 들어가자 기다렸다는 듯이 아주머니가 뛰어나왔다. 피부가 하얀 아주머니는 좋은 옷을 입고 단정한 맵시가 단아했다.

"이제 오세요?"

"응."

아버지가 간단히 대답하고 나를 바라보았다.

"아이구, 네가 창석이구나. 정말 똑똑하게 생겼네. 귀여워라, 어서 들어가자."

아주머니의 손에 이끌리어 들어간 한옥은 크진 않아도 깔끔하게 정리되어 있었다. 커다란 주춧돌 위로 서 있는 커다란 기둥은 집의 단단함을 느끼게 했고 윤기가 반들반들한 마루는 밟기 망설여졌다. 우리가 마루로 올라서면서 보니까 건넌방에서 우리를 빤히 바라보고 있는 여자애가 있었다.

"지수 잘 있었니?"

아버지가 웃으며 말을 걸자 여자애는 자기 방에서 나와 웃으며 인사했다.

"안녕하세요?"

그러더니 나를 보고는 물었다.

"얘는 누구예요?"

내가 멋쩍어하자 아주머니가 나서서 설명을 했다.

"얘는 창석이야. 음… 3학년이라고 했지? 나이는 같은데 지수는 1월이라서 한 학년 위 누나네."

"내 동생이야?"

"그래."

나는 혼란스러웠다. 이 집은 누구네 집인지 갑자기 나타난 이 애는 누구인지 궁금해도 아버지가 말을 안 해주시니 물을 수도 없었다. 아주머니는 나를 기다렸다는 듯이 가방과 학용품들을 꺼내 주며 말했다.

"공부를 잘한다며? 열심히 공부해서 훌륭한 사람이 되어야지?"

얼룩무늬 책가방의 줄을 조여 내 등에 메어 주며 토닥토닥해 주는 아주머니로부터 나는 어색함보다는 친근함을 느낄 수 있었다. 아주머니는 같이 밥을 먹는 중에도 반찬을 넘겨주고 생선 가시를 발라주었다. 지수는 자기 엄마를 바라보며 웃었고 아버지는 무심히 술을 마셨다.

"우리 집에 남자가 없잖아. 창석이가 우리 집에서 살았으면 좋겠다."

아주머니가 내 등을 어루만지며 말했다. 지수가 밥을 먹다 말고 고개를 들어 나를 바라보았다.

"그럴래?"

아주머니가 다시 물었다. 나는 아버지 눈치를 살짝 보았다. 아버지는 슬쩍 웃었다.

저녁을 먹고 나서 나는 지수를 따라 지수 방으로 갔다. 방에 들어서자 깔끔한 분위기에 잠시 주춤했다. 옅은 미색의 벽이나 한쪽에 놓인 침대 위 분홍색 이불이 '여자 방은 이렇구나' 생각하게 만들었다. 얇은 커튼이 살짝 열어 놓은 창문 바람에 산들산들 흔들리고 있었다. 침대는 처음 보았다. 올라 앉아보았다. 푹신한 게 몸을 움직였더니 발이 방바닥에 닿았다 떨어졌다 했다. 책상 위에는 책들이 가지런히 꽂혀 있었는데 그보다도 내가 놀란 것은 옷장 안에 가득 걸려 있는 지수의 갖가지 옷들이었다.

"우리 엄마가 양장점하잖아. 그래서 심심하면 내 옷을 만들어 줘. 그래서 옷이 많아."

나는 새로 사 입은 내 옷이 촌스럽다는 생각을 했다. 그때 지수가 내 귀에 대고 속삭였다.

"우리 엄마하고 너네 아버지하고 연애한다? 너 알어?"

내가 고개를 저으며 모른다고 하자 지수는 픽 웃으며 말했다.

"너네 아빠 우리 집에 가끔 온다. 너 모르지?"

나는 그게 무슨 소린가 하면서 지수의 무수한 책 중에 어린이 잡지를 꺼내 읽다가 잠이 들었다.

아침에 깨어보니 나는 팬티와 윗옷만 입은 채 지수 방에서 자고 있었다. 새 이불의 감촉은 나의 정강이와 허벅지를 간질이며 유혹하였다. 그건 우리 집의 투박한 이불에서는 느낄 수 없는 것이었다. 이쪽저쪽을 뒤척이며 그 감촉을 즐겼다. 지수는 저쪽 구석의 침대 위에서 자고 있었다. 방문이 열리며 아주머니가 들어오면서 나를 보고는 말했다.

"일어났네. 왜 안 나오고…."

지수의 어깨까지 이불을 씌워주며 재촉했다. 그때 지수가 손을 들어 올리며 기지개를 켰다. 지수의 얇은 잠옷에 나비 두 마리가 날개를 활짝 펴고 매달려 있었다.

"너도 어서 일어나. 같이 밥 먹자."

"왜 벌써…."

"창석이가 오늘 친척 할아버지 댁에 일찍 가야 돼."

친척 할아버지 댁에는 이미 많은 사람이 모여 있었다. 나는 아버지
와 함께 이 할아버지 저 할아버지 돌아가며 절을 하고는 '네가 창석이
냐?' 하는 똑같은 물음에 '네'라는 똑같은 대답을 해야 했다. 또 산에
가서는 산소마다 절하고 불도저가 흙을 퍼 올리면 천막 안에 들어가
있다가 잔디를 덮어주고 물을 주고 나오라면 또 가서 절하고, 비석을
땅에 묻고 새 비석을 세우는 똑같은 작업을 보고 또 절하는 일을 하
루 종일 했다.

어스름 해가 지자 일을 마친 일꾼들이 돌아가고 아버지는 할아버지
들께 우리도 가겠다고 인사를 하고 나왔다. 우리는 밤이 어스름해서야
지수네 집으로 돌아왔다. 어제와 달리 우리 집에 온 듯이 편안했다.

"배고프지?"

아주머니는 밥상을 차려놓고 기다리고 있었다. 밥을 먹고 나자 아버
지가 나를 바라보며 말했다.

"얘가 먼지를 잔뜩 뒤집어써서 지수 방에서 자려면 좀 씻겨야 할걸."

아주머니는 기다렸다는 듯이 내 손을 잡고 벌떡 일어났다.

"그래. 나하고 좀 씻자."

나는 아주머니의 손에 이끌려 화장실로 갔다. 어색함도 없고 그냥
엄마하고 목욕하듯이 따라갔다. 아주머니는 익숙하게 내 옷을 벗기고
비누칠하고 머리를 감겨주었다. 따듯한 물과 아주머니의 부드러운 손
길이 나를 나른하게 만들었다. 목욕을 마치고 나서 당연한 듯이 지수

지평리에서

방으로 갔다. 지수도 당연하다는 듯이 자리를 내주었다. 어젯밤처럼 나는 어린이 잡지를 꺼내들었다.

"너 천안 산다며?"

"아니 아산."

"아산? 천안 아니고?"

"천안 바로 옆이야."

"거기 시골이니? 난 소풍 때 외에는 서울을 벗어난 적이 없어서 그런데 가보고 싶어."

"우리 아버지한테 물어봐. 놀러와도 되냐."

"너 바보니? 난 너네 집에 놀러 못 가. 넌 우리 집에 올 수 있어도."

나도 어렴풋이 짐작이 들었다. 배를 깔고 어린이 잡지를 펴자 지수가 곁에 와서 내 이불속으로 들어왔다.

"너 이게 누군지 알어?"

"미국의 16대 대통령 링컨."

나를 무시하지 말라는 듯이 설명을 붙였다.

"어떻게 알어? 학교 책에는 안 나오는데?"

"교회에서 배웠어. 흑인들을 해방시키고 교회도 열심히 다녔다고."

"그래? 학교는 별로 안 다녔는데 혼자 공부해서 대통령까지 됐대. 여기 나와. 읽어 봐."

기사를 가리키는 지수의 손이 길고 하얗다.

"우리 엄마가 그러는데 너네 아빠도 공부를 많이 하셨대. 그래서 너도 똑똑한 거구."

나는 할 말을 찾지 못하고 있었다.

"그리고 너네 아빠가 굉장히 점잖으시대. 양반이라고. 그래서 우리 엄마가 좋아한대."

지수가 쿡쿡 웃었다

"넌 그 정도만 알고 있어. 넌 아직 어려서 잘 모를 거야."

내가 픽 웃었다. 8달밖에 차이가 안 나면서 누나 티를 내려고 하고 아주 나를 동생 취급하고 있었다. 그런데 내 등을 툭툭 쳐가며 책을 설명해 줄 때는 정말 누나 같기도 했다. 지수에게서 향긋한 화장품 냄새가 났다.

집으로 돌아오자 희경이와 매제가 기다리고 있었다. 우리는 '아버지가 오늘내일 사이에 무슨 일이 나지는 않아도 준비는 하고 있어야 할 거다' 하는 그런 얘기를 했다. 그런데 희경이가 정색하며 나를 나무랐다.

"이번에도 바로 간다며?"

"응. 갔다가 하던 일 마무리하고 다음 프로젝트는 안 맡기로 했어. 다행히 이번에 맡았던 일이 중국회사 건이었어. 이제 끝났는데 앞으로 6개월간 그쪽에서 비용을 대고 나하고 직원 하나가 이번일 사후 관리를 전담하기로 했어. 그게 인터넷으로 할 수 있어서 여기서도 할 수 있을 거야. 급하면 가까우니까 달려갈 수도 있는데 그럴 일은 없을 거야."

변명하듯이 말이 길어졌다.

"이래도 급하면 아들만 찾고…"

잠시 말을 끊더니 이어갔다.

"그래도 재산은 다 오빠한테 가겠지? 나한테도 뭐 좀 있으려나?"

"아버지가 왜 네 공로를 모르겠니? 너무 섭섭해 하지 마라."

"그래. 형님 피곤할 텐데 그런 얘기는 나중에 해."

매제가 화제를 돌리려 했다. 내가 얼른 물었다.

"아버지 병원에 계신 동안 면회 온 사람 없니? 너 모르는 사람."

"모르는 사람? 누구?"

"응. 탤런트나 가수 뭐 그런… 의외로 연예계 얘기를 하시더라."

"그래? 난 몰라. 한 번도 나한테는 그런 얘기한 적이 없는데. 그게 무슨 말이야?"

"그러면 아버지 가끔 혼자 외출하신 적은 없니?"

"기운이 있으실 때는 친구들 만나러 다니셨지. 그런데 암튼 무슨 말이야?"

"아냐. 그냥 뜬금없이 연예계 얘기를 하시길래."

나는 대충 얼버무렸다. 희경이는 더 이상 관심을 보이지 않고 다시 상속 얘기를 꺼내려고 했다.

"아직 정신이 있으시니까 무슨 말씀이 있으시겠지. 나중에 얘기하자. 엄마 생각도 있을 거고. 나 좀 쉴게."

희경이를 보내놓고 나는 인터넷으로 이다혜를 조회해 보았다. 출연했던 드라마나 영화 얘기가 많았고 그중에는 내가 본 작품도 여럿 있었는데 그 애가 지수일 거라고 전혀 생각하지 못했다. 하긴 오래전 어릴 적에 이틀 밤 같은 방에서 잤을 뿐 별다른 추억이 있는 사이도 아닌 데다 저렇게 분장하고 나오니 알아볼 수가 없었을 거다. 프로그램을 하던 남자 연예인과 구설수도 있었고 한때는 어떤 가수와 어떻다는 몇 번의 스캔들은 있었지만 비교적 사생활 관리를 잘하는 연예인으로 평가되어 있었다. 하긴 여자 나이 서른 중반에 결혼을 안 한 연예인이 그런 소문 한둘이야 없으랴 생각이 들었다.

다음날은 햇살이 환히 비추고 있는 전형적인 봄 날씨였다. 병원에 도착하니 이미 퇴원절차를 마치고 모두들 커피를 마시며 나를 기다리고 있었다. 아버지는 소파에 길게 앉아 무심히 지나가는 사람들을 바라보고 있다가 나를 보자 일어나 고쳐 앉으며 반가워했다.

"좀 늦었네요."

"아니다. 우리도 이제 막 끝났어. 때 맞춰 온 거다."

어머니가 내게도 커피를 한 잔 내밀었다.

"아버지가 너하고 갈 데가 있다고 기다리셨다. 세수도 말끔히 하고."

"예. 아버지 모시고 드라이브하듯이 잠깐 다녀올게요."

"그래라. 산소가 뭐 그리 급하다고. 그냥 집으로 가셨으면 좋으련만…."

"얼마나 갑갑하셨겠어요. 휑하니 다녀올게요."

"나는 희경이하고 갈테니 조심해라. 길도 익숙지 않을텐데…."

어머니는 왠지 마뜩잖다는 표정이었다. 아버지는 편하게 쉬시라는 뒷자릴 마다하고 조수석에 앉았다.

"일단 경춘가도로 나가야는데 알겠니?"

"차에 지도가 다 나와서 괜찮아요. 길 안내를 아주 잘해요."

아버지는 앞에서 다가오는 하늘의 구름을 유심히 바라보았다. 거리의 가로수 길도 유심히 바라보았다. 언제 다시 보려나 하는 표정이었다.

"아버지. 그런데 탤런트 이다혜가 어릴 적 만났던 그 애라는 게 신기하네요. 그래서 어제 저녁 인터넷으로 좀 찾아보니까 이런저런 얘기가 나오던데요?"

"그거 다 헛소문이다. 내가 아는 한 그 애는 그럴 애가 아니다. 남자 없이 여자만 둘이 살아와서 남자한테 쉽게 빠질까 봐 내가 잔소리 좀 했지. 동네가 그런 데다 여자 혼자 살다 보니 구설수가 전혀 없을 순 없었겠지. 무슨 소문이라도 나면 나한테 달려와서 하소연하곤 했지. 나한테 혼도 몇 번 나고. 심성이 착한 애다. 선입관을 가질 필요 없다."

아버지가 극구 옹호했다.

"그럼요. 제가 그럴 리가 있나요. 어릴 적 본 기억이 있어서 지금은 어떨까 궁금해서 그렇지요."

"초등학교도 들어가기 전에 지 아버지가 죽는 바람에 아버지 없이 큰 게 흠이라면 흠이지. 그래서 그런지 나를 많이 따랐다. 나한테도 그냥 딸 같았지."

"딸이요?"

"내 속으로는 애가 내 며느리였으면 좋겠다 생각하기도 했지. 그러니 더 잔소리하게 되고 더 친해지더라. 그 애도 잘 따랐고."

"그래요? 저도 모르게 며느리가 생기셨네요. 재미있네요."

사진으로만 본 이다혜는 참 예뻤다. 무섭고 엄했던 아버지가 다혜

아니 지수에게는 너그럽고 눈빛이 달랐었다. 그때 전화가 삐리리 왔다.

"아저씨. 꽃은 제가 샀어요. 그냥 오세요."

"그래. 우리도 가고 있다. 벌써 도착했니?"

"아니에요. 입구에 있는 사거리 꽃집이에요. 먼저 가 있을게요. 그리고…."

잠시 말이 끊기더니 다소 가라앉은 투로 물었다.

"창석이도 와요?"

"그래. 같이 가고 있다."

"네. 기다리고 있을게요."

다시 톤이 올라갔다. 차가 사거리를 지나 공원묘지 안쪽으로 들어가자 양쪽으로 잘 정리된 묘비들이 가지런히 줄 맞추어 늘어서 있고 군데군데 큰 나무와 꽃들이 쉼터처럼 가꾸어져 있었다. 유난히 큰 비석이 안쪽으로 눈에 띄었다.

"저건 유명한 시인이란다. 대학교수였다니까 제자들이 많았겠지. 꽃이 끊어지질 않는다."

아버지는 부러운 듯했다. 왼쪽 언덕길을 오르자 멀리 어느 묘 앞에 여자 하나가 우리 차를 바라보며 기다리고 있는 것 같았다. 멀리서 봐도 세련되고 단아했다. 찻길로 나오며 손을 흔들어 인사를 했다. 내가 차를 세우고 차 문을 열고 나섰다. 서로 멈칫했다. 다혜가 아버지 쪽으로 가서 문을 열고 아버지 손을 잡았다. 나도 아버지를 부축하며 다혜를 바라보았다. 다혜도 나를 보며 마주 웃었다.

"오랜만이야."

내가 말문을 열자 환하게 웃으며 대꾸했다.

"어떤 왕자님이 오시나 했더니 정말이네."

아버지는 우리 둘을 번갈아 둘러보았다.

"저쪽으로 조금만 더 가면 공터가 있을 거다. 거기 주차하고 오면 된다."

창문 너머로 자꾸 눈이 갔다. 아버지를 모시고 느린 걸음으로 가는 다혜도 가끔씩 돌아보고 있었다. 돌아오는 내 걸음이 바빴다. 산소에는 꽃이 놓여 있었고 아버지는 앉아서 산소를 바라보고 있었다. 아무런 표정이 없었다. 다혜는 서서 나를 기다리고 있었다.

"절이나 한 번 하고 이리 와 앉아라."

내가 절을 하려고 산소 앞에 서자 다혜가 따라나섰다.

"나도 안 했는데…."

우리는 나란히 산소 앞에 서서 같이 무릎을 꿇고 고개를 숙였다. 어릴 적 세련된 아주머니의 모습이 어렴풋이 떠올랐다. 둥그런 봉분 위에 그 모습을 얹어 보았다. 환하게 웃는 얼굴이 그려졌다.

"됐다. 이리 와 앉아라."

아버지가 돗자리 한구석을 내주었다.

"둘이 생각은 나니?"

"그럼요. 그때는 나보다 작았는데 언제 이렇게 컸지? 아휴 180도 넘겠다."

"글쎄. 그때는 나보고 누나라고 부르라고 해서 진짜로 몇 번 누나라고 부르기도 한 것 같은데… 키도 나보다 더 크고 생각하는 게 정말 누나 같았어."

"기억하네."

큰 느티나무 한쪽이 연두색 새싹으로 물들어 가고 있었다.

"너의 엄마가 간 지도 벌써 10년이 넘었구나. 참 세월 빠르다."

아버지의 입에서 한숨이 흘러나왔다. 다혜가 보따리를 풀더니 김밥을 꺼내 놓았다.

"아저씨 건 죽을 좀 쑤어 봤어요."

보온병을 꺼내 작은 그릇에 부으며 물었다.

"너도 좀 줄까?"

내가 "괜찮아" 하며 김밥을 집어들자 나를 빤히 바라보았다. 다혜가 잠시 긴장한 것 같았다. 나는 맛있다고 해야 하는 걸 알았다.

"맛있다. 잘하네."

그녀가 몸을 움찔했다. 아버지가 그런 그녀를 넘겨보며 얼굴을 찡그렸다.

"옷 좀 넉넉히 입고 다니라니까. 아침저녁으로는 날씨가 쌀쌀한데…."

내가 얼른 일어나 코트를 벗어 주었다. 다혜가 양쪽 깃을 당기며 나를 바라보며 웃었다.

"크니까 이불 덮는 것 같아."

"저기 저 사람이 너를 참 보고 싶어 했었다. 내가 죄가 많지."

"예. 엄마가 창석이를 보고 싶어 한 건 저도 알아요."

"그랬지. 너한테는 이제 말하지만 네 학비도 다 저 사람이 댔다. 대학부터 유학 비용까지 다. 덕에 네가 그리 궁색하지 않게 공부할 수 있었던 거다. 그 정도 알고 있고 자세한 건 나중에 또 얘기하자."

내 학비를 아주머니가 다 냈다니 그게 무슨 말인가 싶었는데 다혜가 말머리를 돌렸다.

"전 엄마 돌아가시고 아저씨 안 계셨으면 나 혼자 어떻게 살았을지 지금 생각하면 아슬아슬해요."

"그나저나 공원묘지들도 자꾸 개발이 되던데 여기는 언제까지 남아 있을지 모르겠다. 하긴 사람이 죽으면 뭐 남는 게 있겠니. 다 쓸데없는 짓들이지. 살아있을 때 잘 살아야 한다. 살아 있을 때. 그리고 젊을 때."

서로 딴 얘기들만 하고 있었다. 하늘에는 구름 사이로 새 떼가 날아가고 있었다.

아버지가 몸을 움츠렸다.

"날이 찬데 들어가시지요. 할아버지 산소도 나중에 들리시고요."

내가 아버지의 두터운 옷을 여미며 말했다.

"그러세요. 이제 들어가세요."

다혜도 주춤주춤 일어났다.

"어디 가서 식사라도 하면 좋을 텐데 괜찮으세요?"

"아니다. 나는 집에 가서 좀 쉴란다. 나는 집에 좀 내려주고 너희들끼리 해라."

아버지가 산소 쪽으로 천천히 걸어갔다. 우리는 따라가지 않았다. 아버지는 비석을 만져보고 한참을 서 있었다. 구름이 몰려오는 하늘을 뒤로 아버지의 실루엣이 가냘프게 버티고 서 있었다. 내가 다혜를 바라보자 다혜가 쑥스러운 듯이 머리를 쓸어 올렸다.

"괜찮아?"

"그럼 괜찮아. 아버지 내려드리고 좋은 데 가자. 내가 맛있는 거 살게."

"정말? 그런데…."

짐을 거두며 낮게 말했다.

"내가 밖에서 밥 먹기 겁나. 누구한테 눈에 띄면 또 무슨 소문이 날지 몰라서."

"그래? 그러면…."

"근사한 데는 숙제로 남겨두고 오늘은 우리 집으로 와. 내가 저녁을 차려줄게. 나 요리 잘해."

다혜의 집은 한강이 훤히 내려 보이는 한남동 언덕 위에 있었다. 통행량이 적어서 낯선 사람들이 오가기에 어색할 것 같은 데다 건물마다 보안절차도 까다로워서 함부로 접근하기도 어려워 보였다. 택시 기사가 "좋은 동네에 사십니다" 하면서 치사를 했다. 언뜻 보기에도 상당히 부유한 계층들이 모여 사는 동네임을 알 수 있었다. 넓은 유리 앞으로 훤하게 트인 전망을 바라보며 말했다.

"이렇게 좋은 집에 사는 거야?"

이젠 친해졌는지 농담이 자연스럽게 나왔다.

"왜. 샘 나?"

"가난한 유학생 신분을 이제 겨우 벗어난 신세에서 보면 이건 별천지고 사치지."

"너무 그러지 마. 엄마가 하던 양장점이 나중에 압구정동으로 옮기면서 유명해졌어. 부잣집 사모님들하고 연예인들이 주 고객이었지. 그 인연으로 나도 중학교 때부터 TV에 나갈 수 있었고. 한참 날리고 있는데 엄마가 아프면서 그걸 미리 팔았어. 그때 아저씨가 많이 도와주셨지. 그때 아저씨가 알아봐 주셔서 부동산을 몇 개 사두었는데 그게 또 많이 올랐어. 그래서 여유가 있었어. 나도 어려서부터 좀 벌었고."

넓은 거실은 큰 소파와 장식장이 나란히 있을 뿐 집안은 매우 단순했다. 장식장에도 그동안 받은 상과 상패들이 정리되어 있고 사진이 몇 개 있을 뿐 군더더기가 없었다. 어릴 적 아주머니와 찍은 큰 사진을 한참 살펴보았다. 멀리서 기억이 조금씩 다가왔다. 살며시 웃고 있는 아주머니는 그대로 아주머니다웠고 아주머니 곁에 매달려 활짝 웃고 있는 다혜는 또 다혜다웠다.

식탁에서도 큰 창을 통해서 한강과 강남의 빌딩라인이 한 눈에 보였다. 두꺼운 장갑을 끼고 찌개를 내오는 다혜의 모습이 처음인데도 자연스러웠다.

"불 끄고 촛불을 켤까?"

다혜가 웃으며 말했다.

"많이 준비했네. 근데 됐어. 네가 안 보이잖아."

다혜가 쿡 웃었다. 앞치마를 벗어 의자에 걸처놓으며 아쉬운 듯 말했다.

"우리 엄마가 계셨으면 너무 좋아하셨을 텐데."

"엄마?"

"넌 모르지? 우리 엄마가 너를 얼마나 보고 싶어했는지. 넌 모를거야. 정말 보고 싶어 하셨어."

다혜의 눈에 눈물이 살짝 비쳤다. 갑작스러운 상황에 무슨 말을 해야 할지 찾고 있는데 다혜가 자세를 고쳐 앉으며 내 눈을 바라보았다.

"엄마가 돌아가시기 전에 여행도 같이 가고… 붙어서 얘기도 많이 했어. 나중에 엄마를 이해하면서 우리 엄마가 불쌍해졌었어. 아버지는 일찍 돌아가시고 우연히 만난 아저씨를 좋아하셨는데 그건 짝사랑이었던 것 같아."

"그래? 짝사랑?"

"엄마가 처음에 양장점을 하셨잖아. 그런데 그걸 압구정동으로 이사하면서 좀 늘리려고 어느 분한테 투자를 받았는데 그게 오해가 돼서 두 분이 헤어졌었대. 그런데 나중에 아저씨가 너무 보고 싶어서 천안 아저씨 사무실에 가서 목놓아 울었대. 그래서 다시 만나기 시작하긴 했는데 아무래도 예전 같지 않았나 봐. 너 좀 한 번 보고 싶다고 그렇게 사정하셨는데 끝까지 넌 우리 집에 안 왔잖아. 그것 때문에 몇 번 싸우기도 하셨어. 네가 보고 싶다고."

가슴이 뭉클해졌다. 아주머니가 보고 싶어지면서 다혜를 바라보았다. 책가방을 메어 주던 모습, 나를 툭툭 쳐가며 반찬을 얹어 주던 모습, 목욕 시켜주던 모습이 선하게 떠올랐다. 멀리 탁자에 세워 놓은 사진으로 눈이 갔다.

"아무래도 아저씨는 두 분의 관계를 두 분 사이로 한정하고 싶으셨던 것 같아. 특히 네가 대학에 합격 했을 때 아저씨가 무척 자랑하셨어. 그때 엄마가 너 한번 보고 네 등록금 대고 싶다고 그렇게 사정했는데 끝까지 너를 우리 집에 안 데리고 오셨잖아. 몇 번을 사정하셨는데. 엄마가 돌아가신 후에 그걸 제일 미안해 하셨어. 그래서 너를 엄마 산소에라도 인사시키고 싶으셨을 거야. 넌 그런 사정 전혀 몰랐지?"

"전혀… 눈치도 못 챘어. 궁금하긴 했어. 어릴 적에 이틀 밤 잤던 그 기억이 선했거든. 그런데 누구한테 물어 볼 수도 없었어."

다혜가 잠시 망설였다.

"그리고 말야. 내가 알기에는 엄마가 네 앞으로도 유산을 좀 남기셨어. 남은 동안의 대학 등록금과 유학자금으로."

나는 갑자기 멍해졌다.

"그래? 아까 그 얘기였구나. 미리 알았으면 더 좋았을 걸."

"아저씨가 네 얘기 많이 하셨어. 그래서 나는 네 소식을 다 듣고 있었어. 한번은 어떤 가수가 나하고 밥이나 먹자고 해서 같이 밥을 먹었어. 그런데 그게 막 꼬이고 부풀려져서 소문이 나는 거야. 기자들이 따라다니며 사실이 무어냐고 묻는 거야. 내가 엉겁결에 진짜 남자친구는 유학생이고 스탠퍼드대학교에 다닌다고 했어. 나중에 아무 근거도 없으니까 흐지부지됐지만… 보통 같았으면 아저씨한테 혼났을 텐데 그때는 아무 말도 안 하셨어."

"스탠퍼드?"

"우선 변명을 해야 했는데 나도 모르게 튀어 나왔어. 그게 딱히 너

라기보다는 익숙해서. 아니 너였지."

우리는 이미 술기운이 상당히 돌기 시작했다. 다혜는 숨겨진 옛날얘기를 끊임없이 끌어냈고 나는 그때마다 장면 장면을 떠올리느라 바빴다. 가물가물했던 기억이 명확해지기도 하고 아버지의 알 수 없는 이야기들이 이제 무슨 말인지 이해가 되기도 했다.

다혜가 발그레한 얼굴을 살짝 숙이고 눈빛을 올리며 웃음기 띤 표정으로 말했다.

"그리고.. 나 말야. 네 고추 봤었다?"

"내 고추?"

내가 훗, 하는 웃음과 함께 되물었다.

"응. 우리 엄마가 너 목욕시킬 때 네 고추 닦아주면서 아이고 예뻐라 예뻐라 했던 거 기억나?"

"그랬나?"

나는 계속되는 신기한 얘기에 계속 끌려 들어가고 있었다. '내가 얘기 해줄게' 하듯이 다혜가 자세를 고쳐 앉았다.

"그래. 날 덥다고 문을 활짝 열어 놓고 목욕시켰잖아. 그러니 다 봤지. 엄마가 너를 다 씻기고 수건으로 대충 감싸서 번쩍 안고 안방으로 갈 때 네 엉덩이도 보고. 볼 거 다 본 거지."

다혜가 크크 웃었다. 나도 같이 쿡쿡 웃었다.

음악이 늘어지고 있었다. 다혜가 일어나 부엌에 설치된 오디오 시스템 쪽으로 다가갔다. 음악을 고르기 위해 돌아서 있는 다혜에게 다가가 뒤에 섰다. 다혜가 인기척을 느꼈는지 몸을 돌렸다. 돌아선 다혜를

살며시 안았다. 다혜가 고개를 푹 수그리면서 몸을 움츠렸다. 다혜를
안은 손에 힘을 주어 꼭 끌어안으며 내 쪽으로 당겼다. 넘어지듯 내게
안겨 왔다. 음식 냄새에 숨겨져 있던 향긋한 냄새가 슬며시 코끝을 스
쳤다. 먼 옛날 다혜의 방에서도 이런 향긋한 냄새가 가득했었다. 향기
와 먼 기억이 잠시 나를 어지럽게 하였다. 어색한 분위기를 돌려놔야
한다고 생각했다.

"블르스 곡으로 부탁해. 이렇게 춤 한번 추게."

"춤도 못 추면서."

다혜가 나를 올려보며 내 옆구리를 쿡 찔렀다.

"하긴…."

멋쩍게 자리로 돌아와 앉았다. '산동네 사람들'에서 그 톡톡 튀던 고
등학생의 모습이 어렴풋이 얹혀졌다. 티격태격하다가도 다혜가 나타
나 웃으며 장난을 치면 다툼이 슬며시 사라지곤 했었다. 우리 모두의
사랑이었다. '흔적'에서는 가슴 깊은 곳에 숨겨져 있는 어릴 적 아픔의
흔적을 결국 극복하지 못하고 스러졌었다. 그것은 우리 모두의 아픔이
었다. 지금의 다혜에게는 그 사랑과 아픔이 다 녹아 있는 것 같았다.
저 작은 체구로 다 겪어 낸 게 대견하다 싶었다. 내가 알았으면 도와
주었을 텐데 하는 생각이 들었다.

다혜의 얼굴이 붉으레했다. 음악은 저 혼자 쿵쿵대고 있었다. 한참을
그러고 있다가 비로소 고개를 들어 나를 바라보며 나지막이 말했다.

"오늘 자고 갈래?"

잔을 만지작거리며 빙빙 돌리는 다혜를 물끄러미 바라보았다. 머릿

속에서 그 옛날 방의 모습이 훤하게 다가왔다. 분홍빛 이불과 산들거리던 커튼….

"우리 집에 방 많아."

스스로에게 말하는 듯이 나직했다. 다혜는 고개를 숙여 내 눈빛을 피하고 나는 다혜의 눈빛을 찾았다. 먼 옛날 그때는 내가 그냥 찾아간 것이고 오늘은 정식으로 초대를 받은 것이다. 잔을 들며 '나를 바라봐' 하는 마음으로 말했다.

"방 많다고?"

"웅. 방 많아. 자고 가."

이번엔 질문이 아니고 권유였다. 눈빛도 피하지 않고 나를 빤히 바라보았다. '자고 가' 하는 마지막 말이 머릿속에서 빙빙 돌았다. 나도 모르게 입가에 웃음이 떠오르는 걸 느낄 수 있었다.

"아닌데. 너네 집에 오면 항상 네 방에서 잤는데? 기억 안 나? 네 방에서 너하고 잤어."

"내 방에서? 나하고?"

다혜가 나를 바라보다가 고개를 뒤로 확 제치며 큰 소리로 웃었다. 가슴 위 부분까지 드러난 다혜의 목덜미가 하얗게 빛났다. 나는 잔을 번쩍 들어 건배했다. 다혜도 잔을 들며 고개를 살짝 돌려 눈을 흘겼다. 잔 부딪히는 소리가 조용한 방안을 흔들었다.

강 한가운데로 여객선이 불을 환하게 밝히며 지나갔다.

지평리에서

경국이 형님께

◇◇◇

경국이 형.

날씨가 많이 풀렸습니다. 이제는 긴 추위와 비바람을 견디고 봄이 오는 것 같습니다.

건강이 안 좋다고 하셨는데 좀 나아지셨나요? 이제는 모임의 일이나 친구들의 일보다 형님 자신의 몸을 돌볼 때가 되었습니다. 부디 건강을 다시 찾아 우리 만나는 날, 옛날 모습을 볼 수 있기를 간절히 바랍니다.

옥에 흙이 묻어 길가에 버렸으니
오는 이 가는 이 흙이라 하는고야
두어라 흙이라 한 들 흙일줄야 있으랴.

윤두서

기억하세요?

우리가 동아리 회보를 발간할 때 제가 냈던 수필의 마지막 대목에서 인용했던 시조입니다. 가슴 깊은 곳에는 심한 열등감에 빠져 있으면서도 때때로 오만함이 튀어나와 객기를 부리기도 했었지요. 우리는

지평리에서

이 시조를 다시 얘기하면서 누가 옥이고 누가 흙이냐 하면서 옥신각신 했었지요. 누구나 '너 같은 흙속에 섞여 있는 내가 억울하다'고 했었지요. 하지만 돌아보면 다 옥이었습니다. 누구는 술 마실 때의 그 재치, 정말 옥이었습니다. 누구는 토론할 때 그 논리, 정말 옥이었습니다. 누구는 노래를 부를 때의 그 감동, 정말 옥이었습니다. 그리고 예쁘게 생긴 경이는 바라만 보아도 알 수 있는 진짜 옥이었습니다. 다 보고 싶습니다.

할 일을 다 했든, 다하지 못했든 시간은 여지없이 흘러가 버립니다. 그것이 한편으로는 위안이 되고 한편으로는 두렵습니다. 어렵고 힘든 때는, 흘러가 버리는 시간 뒤에 숨어있다 보면 힘든 때가 지나가 버리기도 하고, 어느 순간 돌아보면 혹 날아가 버린 세월에 안타까워 발을 동동 구르기도 합니다. 세상사가 다 그런거라고 해버리면 그건 참 무책임한 말이 되겠지요? 하지만 형하고 같이 현재를 얘기하고 미래를 얘기하면서 우리가 무슨 역할을 할 수 있을거라고 우쭐해 보던 그 시절이 언제인가 싶습니다. 이제는 기억도 가물가물합니다.

후암동 제일은행 옆에 있던 제과점에서 빵을 먹던 때가 아득합니다. 형이 국회의원이 아니고 은행원이 되었다는 게 신기했었습니다. 그런데 한편으로는 부러웠어요. 하얀 와이셔츠를 입고 앉아있던 모습이 정말 멋있어 보였습니다. 월급도 많이 받을 거라고 생각했었지요. 그러면서 크고 원대했던, 하지만 약간은 공허했던 우리의 꿈은 작지만 현실성 있고 실현 가능한 꿈으로 바뀌고 있었지요. 그때의 순수함도 두려움도 만용도 없이 이제는 포기와 타협과 의연함과 그리고 가슴 저리는 그리움만 남는 것 같습니다.

잃어버린 순결함이 새하얀 머릿결에…

옥경국

형.

제가 처음 이민을 오면서는 나의 지경을 넓히는 일이라고 생각했었습니다. 하지만 요즘은 제가 가지고 있던 기존 기반마저 잃고 있는 것 아닌가 하는 생각이 많습니다. 이미 갖고 있던 나의 지경은 빠르게 무너지고 새로운 지경은 좀처럼 열리지 않을 때 느끼는 무력감과 상실감은 나를 힘들게 합니다. 이러다가 5년 후 나의 모습은 어떨까, 10년 후 나의 모습은 어떨까 생각해 보면 미래가 두려워지기도 합니다. 이렇게 큰일을 그렇게 쉽게 결정했나 하는 자책감이 짓누르곤 합니다. 조금 멀리 이사한다는 마음으로 결정한 이민이 이렇게 모든 관계가 단절되고 잊힐 거라고는 생각하지 못했습니다. 죽기 전에 다시 보기 어렵다며 사돈의 팔촌까지 김포공항에 나와서 울며 부둥켜안는 그런 이민이 아닌데 말입니다. 글쎄요. 다른 사람들은 그렇게 생각하지 않는지도 모르겠습니다. 자신이 없네요.

어쩌면 우리는 만남만큼 헤어짐을 준비하지 못하는 것 같습니다. 만남은 항상 설레고 미리부터 많은 준비를 하지만 헤어짐은 항상 뜻밖의 일이 되고 아쉬움을 진하게 남기니 말입니다. 이미 큰 이별을 감행한 우리가 그래서 더 외로운지 모르겠습니다. 만남만큼 이별을 준비했더라면 이렇게 허전하진 않을 텐데 하는 생각이 듭니다.

더 마음에 걸리는 건, 어머니를 두고 왔다는 자책감은 아마 끝까지 치유하지 못할 것 같습니다. 저에게는 '새가 커서도 둥지에만 있으면 되냐? 큰 세상에 나가서 살아야지' 하셨으면서 친구분들께는 제가 미국지사로 발령받아서 미국지사에 근무하고 있다고 얘기하신다고 하더라고요. 그 얘기를 들었을 때 얼마나 자책했는지 모릅니다. 나를 두고 제 식구들만 데리고 이민을 갔다는 말을 못 하신거겠죠? 이 순간에 이민의 조건이나 어머니의 건강문제를 말하면 정말 못된 놈이 되는거지요? 어머니의 용서가 있더라도, 내가 아무리 큰 성공을 거둔다 해도 그건 내 평생 마음속의 큰 상처로 남을 것입니다.

애달피 고운 비는 그어 오지만
내 몸은 꽃자리에 주저앉아 우노라

김소월

형.

'너 거기서 뼈를 묻을거냐?'고 물으셨지요? 묻을 각오로 살려고 합니다. 저녁 어스름에 느끼는 외로움과 아득한 그리움도 이겨보려 합니다.

사랑하는 사람은 항상 내 곁에 있어야 하겠지요? 멀리서 바라보면서, 그리워하며 사랑을 이룰 수는 없겠지요? 지금 내 곁에 있는 사람

경국이 형님께

이 가장 소중하니까요. 젊은 시절을 같이 했던 그 친구들이 새로운 추억을 만들어나갈 때, 아쉽지만 나는 거기에 없겠지요? 그런 생각을 하다보면 제가 잊힐 지 모른다는 두려움이 엄습합니다. 그래서 의식적으로 나의 존재가치를 찾으려고 노력하고 있습니다. 밥 굶어도 기죽지 말라고 하셨잖아요. 모든 걸 그러려니 받아들이라고 하셨잖아요. 그렇게 살려고 하고 있어요. 나와는 생각이 달라도 비난하지 않고요, 내기대와 달라서 불만족스럽더라도 감사하고요, 조금은 모욕적이더라도 웃어주려고요. 그렇게 한다고 해서 내가 비굴해지는 게 아닐 테니까요. 나는 흙이 아니고 옥이잖아요.

내가 잘사는 것이 어머니께 효도하는 것이고 내가 잘되는 것이 애국하는 길이고 내가 올바르게 행동하는 것이 나 자신에게 당당할 거라고 생각하기로 했습니다. 비록 이민자로서 할 수 있는 일이 한정되어 있더라도 작은 성공에 기뻐하고 작은 성취에도 감사하는 마음을 가지려고 노력하고 있습니다. 남을 위한 봉사에도 관심을 갖게 되면서는 이 세상에 내가 할 수 있는 일이 아주 많이 있다는 걸 알게 되었습니다. 그러면 잘못된 이민이 아닐까 하는 자책감도 조금씩 덜해지겠지요?

슬픈 목소리로 내게 말하지 말라.
인생은 한낱 헛된 꿈에 지나지 않는다고.

롱펠로우

지평리에서

그런데요, 마음을 다지고 다져도 힘들 때가 많네요.

갖출 것은 갖추고 지킬 것은 지키며 살려고 하지만 모든 것이 낯선 나라, 모든 사람이 낯선 나라에서 산다는 게, 가슴속에 할 말도 숨기고 또 마음을 다독이며 살아야 하네요. 그게 참 힘들어요. 가끔은 "나도 힘들어요" 하면서 막 울고 싶을 때가 있어요. 하지만 그럴 수가 없잖아요. 혼자 스스로 다독일 수밖에 없잖아요.

한국을 자주 방문하려고 합니다. 그때 한잔 사 주세요. 형과 같이했던 그런 분위기의 집에서 소주와 삼겹살을 사 주세요. 목소리를 좀 높여가며 과장된 몸짓을 해가며 내가 잊힌 존재가 아니란 걸 느끼며 마음껏 마시고 싶습니다. 그때는 술 마시면서 얘기할 때 주변 눈치를 안 봐도 되겠지요? 다음 날 내가 실수한 게 아닌가 조바심내지 않아도 되겠지요? 다 나를 이해해 줄 수 있는 선배고 친구들이잖아요. 정말 그렇게 한번은 흐트러지고 싶어요. 그래서 더 형이 보고 싶습니다.

사랑하는 이여. 그럼 안녕
이것이 이 세상 마지막 인사가 될지라도
사랑하였으므로 진정 행복하였네라.

유치환

예. 사랑하면서 살아보겠습니다. 마음을 다지면서, 사랑을 받으려고만 했던 어린 생각을 버리고 모든 것을 사랑하면서 행복을 느낄 수 있는 사람이 되도록 해 보겠습니다. 나의 가족과 나의 조국뿐만 아니라 이제 막 친구가 된 내 이웃과 나를 받아준 이 사회도 사랑해 가며 살아가겠습니다.

무엇보다도 형을 사랑합니다. 부디 회복하시어 곧 뵐 수 있기를 기대합니다.

안녕히 계세요.

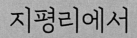

지평리에서

◇◇◇

"역시 아침 골프는 하루를 살려. 이제 2시잖아. 아직도 뭐든지 할 수 있는 시간이 남았어."

"맞아. 그게 좋지. 야. 근데 너 말야. 그 12번 홀에서 롱퍼팅이 들어간 거 그거 참 멋있었어."

"그래. 그때 판도가 바뀌었어."

공통 화제로 유대감을 확인하려는 친구들의 대화에는 서로 공감대를 찾고 또 그에 화답하는 과정이 이어지고 있었다. 오랫동안 친구로 지내서 그런지 화제는 다양했고 공감대도 쉽게 만들어지고 있었다. 하지만 그것은 이미 내 관심이 아니었다. 내 머릿속에는 들어오면서 본 사업자 등록중에 있는 임선옥이라는 이름으로 가득 차 있었다.

지평리의 임 선옥.

전혀 상관없는 동명이인일 수가 없는 일이었다. 그런 우연은 있을 수 없는 일이란 확신이 들었다. 머언 추억 속의 지평리 그리고 가슴속 깊은 곳에 남아 있는 임선옥. 어쩌면 오늘 만날 수 있는 건가 하는 생각이 온통 나를 사로잡고 있었다. 언젠가는 만날 거라는 기대감은 항상 있었지만 하염없이 흘러가 버리는 세월속에 그 믿음은 점차 흐려져 가고 있던 참이었다. 우리가 만났던 게 언제였나 생각해 보면 아득하다. 그 옛날의 어느 맥주집에서 '나 이제 간다' 하고 어색하게 악수하고 헤

지평리에서

어진 게 벌써 40년 전의 일이 되어 버린 것이다. 그 후 나도 밴쿠버로 이민을 가서 먼 남쪽의 시애틀 하늘을 바라보며 '저기일 텐데' 하면서 혼자 한숨만 내쉬곤 했었다.

사실은 오늘 일정을 잡을 때 운동 후에 식사는 여주 이천 쪽으로 가자는 걸 내가 지평리에 가서 한정식에 막걸리로 하자고 미리 부탁했었다. 나의 과거를 대충 알고 있는 강욱이가 나서서 바람을 잡아주었고 그때부터 내 기대감은 커져 있었다. 지평리로 들어서는 순간이나 음식점에 들어오는 순간 어디선가 단서를 찾아야겠다는 마음에 이리저리 두리번거리게 되었고 그러다가 우연히 본 사업자 등록증에 정말 그 이름이 있었던 것이다. 친구들 무리에 끼어 엉겁결에 방으로 들어오긴 했어도 마음은 딴 데 가 있었다. 그 임선옥일 거란 확신이 마음속에 가득 차 있었던 것이다.

참을 수 없던 나는 슬며시 대화에서 빠져 나왔다. 카운터에는 아무도 없었다. 잠시 망설이고 서 있는데 일하는 아주머니가 음식 쟁반을 들고 지나다가 다가와 물었다.

"화장실이요? 저쪽이요."

건물 뒤쪽을 가리키며 지나치려고 했다.

"아주머니 잠시만요."

내가 불러 세우자 아주머니는 가던 길을 돌아서 내게 다가왔다.

"저어 혹시 이 음식점 사장님이 임선옥 씨인가요?"

아주머니는 갑자기 나를 아래위로 훑어보았다. 경계의 빛을 보이며 되물었다.

"그건 왜요?"

"아 예…."

갑작스러운 상황에 내가 당황하자 아주머니의 눈빛이 다소 부드러워졌다.

"제가 어릴 적에 이 동네에서 산 적이 있는데 그때 우리 반에 임선옥이라는 애가 있었어요. 혹시 그 친구인가 해서요."

내 어눌한 말투와 공손한 모습에 음식 쟁반을 다시 한번 고쳐 잡으며 아주머니가 말했다.

"그래요? 음. 조금 있다가요. 한 10분이면 사장님 오실 거예요. 그분한테 물어보세요. 장 보러 갔는데 곧 올거예요."

"그분이라면 임선옥 씨인가요?" 하고 되묻자 "그분한테 물어 보시면 돼요." 하고는 서둘러 주방으로 들어가 버렸다.

10분이라고 하는데 다시 방에 들어갔다가 나오기도 애매해서 밖으로 나와 동네를 둘러보았다. 동네의 건물은 많이 바뀌었어도 큰길 작은 길은 그대로여서 어디가 어딘지 대략 분간을 할 수가 있었다. 사거리에서 저쪽으로 가면 기차역이 나오고 또 저쪽 길은 망미리로 가는 부대 앞 길, 좀 복잡한 저쪽은 시장으로 가는 길이다. 음식점, 철물점, 잡화점들이 길게 늘어서 있고 그 끝에는 면사무소나 극장 같은 공공건물들이 있었다. 그리고 이쪽 길은 광탄 용문으로 가는 길이고 산모퉁이를 살짝 돌아서 선옥이네 집이 있었다. 참나무나 도토리나무가 가득한 봉미산의 끝자락이 선옥이네 집 뒤를 감싸 안듯이 둘려져 있었다.

잠시 사방을 바라보다가 코너에 있는 초등학교로 들어갔다. 운동회도 하고 가로질러 가려면 한참 걸리던 운동장은 작은 공간으로 줄어있었다. 여기서 어떻게 그 많은 사람이 모여 운동회를 했을까 싶었다. 여자애들이 모여 고무줄하고 놀던 공간 옆으로 서 있는 늙은 느티나무가 나를 반기어 주었다. 그림에 느티나무가 나오거나 노래 가사에느티나무가 나오면 나는 항상 이 나무를 떠올리곤 했었다. 흙벽돌 건물은 없어지고 새로 지어진 벽돌 건물은 깔끔해 보였다. 운동장 바깥쪽으로는 아스팔트를 깔고 학교 버스가 주차되어 있는 모습이 편리해보였지만 그 추억의 분위기는 아니었다.

나는 초등학교 2학년 때 이 학교로 전학을 왔었다. 갑작스러운 아버지의 전근 발령으로 따라 온 이 동네는 내게 너무 낯선 산골 동네였다. 우선 어머니가 짐을 싸면서 눈물을 흘리는 게 원하는 데로 가는건 아니라는 것을 나는 알고 있었다. 그리고 기차 타고 오는 긴긴 여정은 길을 잃을까 짐을 잃을까 하루 종일 노심초사해야 했었다. 처음부터 정겹거나 기대감이 가득한 인상은 아니었다. 개울 길 건너 어느집 문간방에, 짐이라고 해봐야 몇 개 되지 않는 걸 풀어 정리할 때 몇사람들이 와서 도와주었다. 그것이 그나마 조금 안심하게 만들었다. 특별히 정붙일 일 없는 상황이었다.

전학가던 첫날이 생각났다. 교무실에서 간단히 인사를 마치고 담임선생님을 따라 교실에 들어가자 모든 시선이 나에게 쏟아졌다. 선생님이 나를 소개했다.

"오늘 수원에서 우리 학교로 전학을 온 안형진이다. 아버지는 중학교 선생님이시고 공부를 아주 잘하는 학생이니까 다 같이 잘 지내도록. 알겠지?"

"네."

아이들이 일제히 대답했다. 그런데 그때 갑자기 선생님이 내게 전혀 예상치 못한 주문을 했다.

"다 같이 박수로 환영하고, 형진이는 잘 부탁한다 하는 의미로 전에 다니던 학교의 교가를 한번 불러준다."

아이들이 일제히 박수를 쳤다. 박수 소리가 점차 가라앉으며 이제는 내가 교가를 부를 차례가 되었는데 내 머릿속이 하얘지며 아무것도 생각이 나지 않았다. 얼굴이 빨개지고 나는 고개를 푹 수그린 채 아무것도 할 수가 없었다. 살짝 눈을 들어보니 복도에서 어머니가 안타까운 듯이 바라보고 있었다. 교실은 조용해졌고 선생님이 얼른 분위기를 수습했다.

"형진이가 많이 수줍구나. 교가는 나중에 듣기로 하자. 자리는 저쪽 혜주 옆에 가서 앉기로 하자."

나는 고개를 푹 수그린 채 자리에 앉았고 짝이 된 혜주가 웃으며 맞아 주었다. 마음을 가라앉히고 수업을 시작하려는데 누군가 나를 보고 있는 시선을 느낄 수 있었다. 하나 앞줄 건너편에서 여자애가 나를 빤히 바라보고 있었다. 내가 놀라서 바라보았는데도 그 여자애는 눈빛을 거두지 않고 나를 바라보았다. 얼핏 보기에도 아주 예쁜 여자애였다. 내가 처음 본 선옥이었다.

내가 수업을 듣는 척하며 칠판을 바라보는데도 그 애가 아직도 나를 보고 있다는 느낌이 들어서 옆눈으로 살짝 바라보았다. 그러면 칠판을 바라보던 그 애가 바로 내 쪽으로 눈길을 주며 눈을 흘겼다. 반갑다 하는 것보다는 차가운 눈길이었다. 나는 깜짝 놀라서 얼른 눈길을 거두었다. 하지만 학교가 끝나면 누구나 집에 가서 집안일을 도와야 하는 시골 생활에서 나는 그 애와 특별히 만날 일은 없었다.

그런데 몇 달 후 어떤 여자애가 우리 반에 전학을 왔다. 체구는 조그맣지만 전혀 기죽지 않고 여유로운 여자애였다. 소개를 마치자 선생님은 나의 경우와 같이 전에 다니던 학교의 교가를 불러보라고 했다. 그 여자애는 들고 있던 가방을 내려놓더니 두 손을 앞으로 모으고 당차게 부르기 시작했다.

"동영 동영 우리 동영 어린이는…."

나는 기가 푹 죽었다. 고개를 들지 못하고 공책에 낙서하고 있을 때 선옥이의 눈길을 느낄 수 있었다. 살짝 고개를 들어보니 역시 선옥이는 나를 바라보고 있었고 내 눈과 마주쳤다. 차가운 듯한 무표정이 나를 부끄럽게 만들었다.

시간이 꽤 흘렀다는 생각에 서둘러 음식점으로 돌아와 보니 카운터에 아주머니 하나가 앉아 있었다. 나는 얼른 선옥인가 하면서 살펴보았다. 그녀가 인기척을 느끼며 일어나 나를 바라보았다. 선옥이가 아니었다.

"저어, 임선옥 사장님을 좀 만나 뵐 수 있을까 해서 제가 물어보았습니다."

내가 먼저 말을 붙였다. 그녀는 내 얼굴을 보더니 대뜸 물었다. 무표정한 듯하기도 하고, 살짝 웃음을 짓는 듯하기도 하지만 매우 사무적인 말투였다.

"성함이 어떻게 되시지요?"

갑작스러운 질문에 내가 당황했다.

"임 선옥씨는 저희 언니예요. 저희 언니를 찾으신다고 해서요. 어릴 적에 이 동네에서 사셨다고요?"

"예. 어릴 적에 한 3년 살았어요."

"성함은 얘기 안 해 주실거예요?"

그녀가 웃으면서 물었다.

"아, 예. 제 이름은 안형진입니다."

"네에. 안형진씨요" 하며 고개를 끄덕이더니 "그런데 저희 언니는 왜 찾으세요?" 하고 물었다.

"뭐 별다른 이유가 있다기보다는 들어오다 우연히 저 이름을 보았어요. 그래서 혹시 내가 아는 그분인가 해서…."

내가 사업자 등록증을 가리키며 얼버무렸다. 그녀는 이번에는 확실히 웃음을 띠며 카운터에서 나와 내 앞에 서서 나를 빤히 바라보았다.

"맞아요. 안형진 씨가 아는 그 임선옥이예요. 만나보고 싶으세요?"

팔짱을 낀 채 고개를 살며시 돌려 바라보는 모습이 내게 호의인지 거부감인지 가늠하기가 어려웠다. 맞다. 어쩌면 얼마든지 오해를 할 수 있는 상황이었다. 나 스스로 움추러드는 걸 느끼며 겨우 대답을 했다.

지평리에서

"예. 만날 수 있다면 한번 만나보고 싶습니다."

"예. 만나게 해 드릴게요. 식사는 다 하셨어요?"

"아닙니다. 아직 일행들이 저 방에서 식사하고 있습니다. 근데 곧 끝날 겁니다. 다 먹었거든요."

"그러면요. 일행들과 끝내고 저하고 따로 술 한잔하실래요?"

거침없는 제의였다.

"술이요? 그러시지요" 하며 화답하자 "그러면 일행과 끝내시고 저쪽 저 방으로 오세요. 제가 준비를 해 놓을게요" 하더니 "아참, 혹시 이상민씨도 아세요?" 하고 물었다.

"이상민이요? 알지요. 우리 반 반장이었죠. 키 크고 서글서글했었죠."

"그러면 김금숙씨도 아시겠어요?"

그녀가 살짝 웃었다. 나도 모르게 웃음이 나왔다.

"알지요. 그 애가 나보다 몇 달 후에 전학을 왔었어요. 조그맣고 똑똑한 애. 기억나요."

"네. 그 둘이 부부예요. 그 둘도 같이 나오라고 할게요. 괜찮겠지요? 오랜만에 친구들끼리 만나는 거니까."

묻는 말이지만 이미 결정된 것을 통보해 주는 격이었다.

"저어… 임선옥씨는."

"네에, 언니를 보고 싶어 하시는 것 같아요. 근데 우리하고 식사는 같이 못 할거에요. 하지만 약속한 대로 만나게는 해드릴 거에요. 걱정 마시고 식사 맛있게 하시고 조금 있다 봐요."

그녀가 오래전부터 알고 지낸 친한 사이라는 듯이 내 팔을 툭 치고는 웃으며 주방으로 들어가다가 돌아서서 얘기했다.

"내 이름은 선숙이에요. 선옥이 동생 선숙이요."

그녀는 자기 할 말을 다 했다는 듯이 돌아서 가버렸다. 씩씩하고 자신감 넘치는 게 선옥이와 비슷한 인상이었다.

방 안으로 들어오자 친구들이 난리가 났다.

"아니. 어디 갔었어? 캐나다 촌사람이 길 잃고 헤매는 줄 알았잖아."

태규가 진심인 듯 눈을 크게 뜨고 물었다. 자리를 잡아 앉으며 멋쩍게 웃었다.

"미안해. 내가 어릴 적에 이 동네에서 살았다고 했잖아. 그래서 한번 둘러봤어."

"그럼. 그런다고 얘기나 하지."

"우연히 반장 했던 친구를 만났거든, 그래서 이 자리 끝나면 따로 한번 보기로 했어."

내 옛날 사연을 어느 정도 알고 있는 강욱이가 내 귀에 대고 물었다.

"너 혹시… 옛날 그 애를 만나는 거야?"

"잘 모르겠어. 최소한 소식 정도는 들을 수 있을 것 같아서."

나도 어떤 상황인지 모르고 있는 형편이라서 대충 얼버무렸다.

"야. 형진이가 있는데 우리도 캐나다 여행 한번 가야 하는 거 아니냐?"

태규의 말에 대화는 다시 그들의 화제로 돌아갔다.

내 마음속에는 선옥이에 대한 궁금증이 가시지 않고 있었다. 만날 수는 있는데 식사는 같이 못 한다? 혹시 서울에 가 있나? 아니면 병원에 있나? 아프면 어디가 아프지?

친구들이 차 두 대에 나누어 타고 떠나자 나는 다시 음식점으로 들어갔다. 조금 전에 가르쳐 준 방을 바라보자 살짝 열려 있던 방문이 활짝 열리며 아까 보았던 선숙이가 손을 흔들어 보였다. 내가 방으로 들어가자 모두들 일어났다.

"나 상민이야. 기억나니?"

"그럼. 우리 반 반장. 너야말로 나를 기억하니? 내가 잠시 있다가 전학을 가서…."

"알지 공부 잘하던 형진이. 무조건 네가 1등이었잖아. 아 그리고 여기 우리 집사람 김금숙이. 기억한다며?"

금숙이가 웃으며 인사를 했다. 자리를 잡아 앉으며 그리 어색한 자리는 될 것 같지 않아 다소 안심이 되었다.

"오랜만이에요. 옛날 얼굴이 그대로 있어요, 착한 얼굴."

"예. 금숙 씨는 내가 잘 기억하지요."

그때 갑자기 선숙이가 끼어들었다.

"나도 알아요. 그 교가 사건이요."

"그걸 선숙 씨가 어떻게 알아요?"

"그건 차차 얘기하고요. 난 뭐라고 불러야 해요? 형진 씨, 할 수도 없고 오빠라 하기도 그렇고… 동생 있으시지요? 두 살 아래."

"예. 영희."

"그 애가 나하고 같은 학년이었어요. 그러니까 오빠가 맞기는 한데 어색해. 그냥 아저씨라고 할래."

"아저씨가 뭐냐. 그냥 오빠라고 해."

금숙이가 호칭을 정해주었는데도 선숙이는 들은 척하지 않는 게 선옥이 동생이 맞다고 생각되었다.

"아냐. 그냥 아저씨라고 할래."

"편한 대로 하세요. 호칭이야 뭐 중요하겠어요."

"우리 사이의 호칭 같은 건 문제 아니고, 임선옥이만 만나면 된다. 이거지요?"

"예. 그런데 선옥이를 만날 수는 있는데 왜 이 자리는 못 나오나요? 혹시 어디가 아픈가요?"

"그렇게 보고 싶으면 진즉 와서 수소문도 좀 해보고 그러지 그랬어요."

내 물음은 무시하고 나무라듯이 말했다.

"예. 내가 캐나다 지사로 발령을 받았다가 눌러앉았어요. 그래서 지금 밴쿠버에 살고 있어요. 이민 생활이 만만치 않잖아요. 오기가 어려웠지요."

"밴쿠버요? 그럼 시애틀 바로 위 거기요?"

"예. 시애틀이면 차로 세 시간이면 되지요. 나도 항상 저기에 선옥이가 살 텐데 하면서 살았어요."

모두들 입을 다물고 잠시 침묵이 흘렀다. 금숙이가 선숙이의 눈치를 보며 뭐라 말을 하려고 하자 선숙이가 입을 열었다.

"아까. 교가 사건을 어떻게 아냐고 물었죠? 나 말이에요. 형진 아저씨에 대해서 많이 알고 있어요. 어쩌면 선옥이 언니가 기억하고 있는 건 나도 다 알고 있다고 생각하시면 돼요."

"예? 그래요?"

내가 한번 슬쩍 웃었다.

"아. 그건 나중에 얘기하고요. 우선 한 잔."

선숙이가 분위기를 띄웠다. 나는 더 이상 말하기에는 뭔가 어색한 게 있나 해서 참고 술을 한 잔 들이켰다.

"내가 모르는 얘기가 많은가 보네."

금숙이가 선숙이를 바라보며 물었다.

"그럼. 언니하고 이 아저씨는 사연이 꽤 길어요" 하더니 나를 보고 "오늘 다 털어내 봐요" 했다.

선숙이는 아저씨가 아니고 친한 친구처럼 내 어깨를 툭 치며 다그쳤다.

"하라니까… 삼청동 키스까지."

내가 놀라서 되물었다.

"그것도 알아요? 내 참."

"다 알고 있다고 했잖아요. 그러니까 거짓말할 생각 말고 오늘 다 풀어요."

내가 웃으며 말머리를 돌렸다.

"사실은 처음 전학 온 날부터 선옥이한테 끌려 다닌다는 느낌이 있었어요. 어쩌면 선옥이가 나를 잡아당기고 있다는 그런 느낌이었어요. 내가 선옥이를 보면 선옥이도 나를 보고 있었어요. 다시 뭔가 이상해서 보면 그때도 선옥이가 나를 바라보고 있었어요. 그 애한테 묶여 있는 느낌이라고 해야 하나? 뭐 그런 거요."

"그래요? 그게 무슨 얘기지?"

"한번은 선생님 심부름으로 과학실인가 실험실인가 하는 교실에 갔는데 선옥이가 먼저 와 있었어요. 나는 비이커인가 실험도구를 그냥 두고 나왔어요. 아무 말 없이요. 그런데 학교 끝나고 문방구에 뭘 사러 갔는데 또 와 있는 거예요. 쟤는 왜 내가 가는 데마다 와 있지? 생각하는데 선옥이가 '너 왜 자꾸 따라다녀?' 하는거예요. 억울했지요. 암튼 그런 일이 계속 일어났어요. 선옥이가 자꾸 나를 잡아당기고 나는 끌려간다 그런 생각을 했었어요."

상민이가 자세를 고쳐 앉으며 얘기에 귀를 기울였다.

"어느 날인가 일요일이었어요. 교회 종소리가 나는데 종소리가 귀에 계속 남는 거예요. 교회에 가볼까 생각이 나더라구요. 그래서 교회에 갔더니 선옥이가 있는 거예요. 그 다음부터 못 갔어요. 선옥이 때문에 가는 것 같아서. 또 있어요. 서울로 전학을 가고 나서 6학년 때인가? 갑자기 학교 도서관에는 뭐가 있나 생각이 드는 거예요. 그래서 내내 안 가던 도서관에 갔는데 거기에 경기도 어린이 백일장 대회 수상집인가 그런 책이 있는 거에요. 그래서 꺼내 보았는데 거기에 선옥이 글이 있었어요. '나 여기 있다. 와서 봐라' 하는 것 같았어요."

"그냥 갖다 붙인다기에는 여러 번 비슷한 장면이 나오니까 그럴듯해."

금숙이가 신기하다는 듯이 맞장구쳤다.

"맞아. 언니가 백일장에서 상을 받은 적이 있었어요."

"내용은 뭐 공부를 열심히 해서 우리나라를 미국과 같이 잘사는 나라로 만들고 싶다. 뭐 그런 얘기였던 것 같아요, 나중에 알았지만, 그때 이미 선옥이는 그런 성향을 갖고 있었던 같아요."

"성향? 어떤 거?"

"미국에 대한 동경? 미국에 가서 살겠다 그런 거."

"맞아요. 언니는 어릴 적부터 미국에 가겠다고 입버릇처럼 얘기했었어요. 언니가 3학년 때인가? 미군 장군이 온 적이 있었다면서요? 그때부터요."

"그랬지. 그때 생각나. 아마 그 행사는 우리 또래라면 다 기억할걸?"

가만히 듣고만 있던 상민이가 나섰다.

"지평리 전투를 기념하기 위해 중학교 운동장에 참전 기념비를 만들었지. 지금도 운동장에 그대로 있잖아. 제막식이라서 그랬는지 미군 2사단장이 그 행사에 온다는 거야. 며칠 전부터 부산스러웠어. 온 동네 사람들이 다 구경 갔었지. 날씨도 꽤 추웠어, 눈도 살짝 뿌리고."

나도 그때 기억이 났다. 추운 날씨에 약간의 눈발이 흩날리는데 커다란 천막 안에 평소에는 보기 어려운 분들이 자리 잡고 있었다. 누군가 국회의원과 군수님도 와 있다고 하고 한국군 무슨 장군도 와 있다고 수군거렸다. 중령 대령들도 여럿 있었는데 평소에는 보기 어려웠던 그분들도 그날은 관심의 대상이 되지 못하고 있었다. 안에서 모두들 행사를 기다리고 있었고 지평리 전투 참전비는 하얀 광목으로 둘러쳐져 있었다. 동그랗게 장식된 꽃다발이 몇 개 참전비 앞에 놓여 있었고 모두들 말없이 행사만 기다리고 있었다.

"그때 행사의 주인공은 그 미군 장군하고 영어 선생님이었어."

맞다. 면장님이나 지서장님도 맨 뒷줄에 앉아 있는 그 천막 안에서 제일 앞자리 한가운데에 한복을 곱게 차려입은 중학교 영어 선생님이 앉아 있었던 것이다. 노란 저고리 양쪽 어깨에는 색색이 둘러져 있는 색동저고리와 보라색 치마는 군복이나 까만 정장을 입고 있는 다른 손님들 사이에서 단연 돋보였다. 행사를 주관하는 듯한 군인이 다른 어른들은 안중에도 없는데 영어 선생님과는 수시로 와서 상의하고 가는 게 예사롭지 않았다. 영어 선생님은 당당했고 아무도 그런 분위기에 이의를 제기하지 않았다. 그 앞자리 가운데는 당연히 영어 선생님 자리였다.

그때 멀리서 누군가 하늘을 가리키며 뭐라고 소리를 질렀다. 우리 모두 그쪽을 바라보았다. 북쪽 멀리서 작은 점 하나가 다가오고 있었다. 모두 다 나와서 하늘에서 조금씩 커지고 있는 헬기를 바라보면서 내가 어디에 있어야 하는지 우왕좌왕하는데 그 영어 선생님은 당당하게 앞으로 나가 제일 앞자리에 섰다. 타타타 소리가 점점 커지면서 그 작은 점은 금세 엄청나게 큰 모습을 드러내더니 운동장을 향해 다가오고 있었다.

하늘에서 내려오는 거대한 물체는 미국이라는 상상의 나라에서 오는 건지 아니면 외계에서 날아오는 괴물체인지 신기롭기만 했다. 우리는 위압감에 아무 말도 못하고 있었다. 누군가의 입에서 "와아" 하는 탄성이 흘러나왔다. 큰 덩치와 달리 헬리콥터는 운동장 한 귀퉁이에 살며시 내려 앉았다. 살짝 내린 눈발이 사방으로 흩어졌다. 우리 집 지붕만 한 날개는 아직도 천천히 돌아가고 있었다. 타타타 하던 소리

지평리에서

는 윙윙 소리로 바뀌어 있었다. 속도가 점차 줄어가는 날개 밑에서 하얀 지휘봉을 든 미군 장군이 쿵 하고 뛰어내렸다. 어깨에 달려 있는 두 개의 별이 그야말로 번쩍번쩍했다. 몇 명의 군인들이 뛰어가 자로 잰듯한 거수경례를 하고 물러서자 영어 선생님이 제일 먼저 가서 악수하며 인사를 나누었다. 당당했다. 웃음을 띠고 내내 곁에 붙어 다녔다. 죽 늘어서 있는 어른들을 일일이 인사를 시키고 뭔가를 열심히 설명하는 듯이 귓속말도 나누고 했다. 사회를 보는 군인의 딱딱한 말투를 통역하는 영어 선생님의 목소리는 부드럽고 낭랑했다. 알아듣지 못하는 영어와 우리말이 넘나드는 그 분위기에 우리는 압도당해 있었다.

애국가가 나올 때는 우리도 같이 소리 높여 따라 불렀다. 우리의 관심은 그 둘이 움직이는 곳으로 따라다녔고 그들의 모습은 여태까지 우리가 보지 못한 새로운 세계였다.

"아마 두 시간이나 됐을까 하는 짧은 행사였는데 그 후 몇 달 동안 우리는 말만 했다 하면 그 행사 얘기였어. 우리는 대령도 보지를 못했는데 그 미군은 별을 두 개나 달고 있었잖아. 그때까지 우리가 본 사람 중에 제일 높은 사람이었어. 그것도 헬기를 타고 하늘에서 좌악 내릴 때 정말 멋있어 보였지."

"그 행사가 끝나고 그 장군이 다시 헬기를 타고 떠나기 전에 영어 선생님한테 뭐라고 웃으며 얘기를 하다가 선물을 주고 떠났어. 그게 뭐였을까. 궁금해 죽었지. 난리였어. 아무튼."

"그리고 얼마 안 돼서 그 영어 선생님이 학교를 그만두었잖아. 서울로 갔다, 미국에 갔다, 소문만 무성했었지."

"맞아요. 언니도 그때 충격이었나 봐요. 그때부터 자기도 영어 공부를 열심히 해서 미국 가서 살겠다고 입버릇처럼 얘기하고 다녔어요. 아버지한테 미국 보내달라고 조르고. 그래서 나도 덕분에 중학교 때부터 서울로 올라가 공부했어요."

"영어 공부를 열심히 하기는 했어요. 또 잘하기도 했고."

"영어 학원에 같이 다녔죠?"

선숙이가 이제 다음 얘기를 풀어내라는 듯이 화제를 이어갔다. 나는 순순히 선숙이의 요구에 따랐다.

"예. 대학에 들어갔는데 다른 애들은 단체 미팅이다 소개팅이다 하고 다니는데 나는 금방 알았어요. 여자애들이 나처럼 소심하고 무덤덤한 남자보다는 시원시원하고 유머 감각이 있는 애들을 좋아한다는 걸요. 그래서 나는 미팅이나 그런 것 보다는 동아리 활동에 빠져있었어요."

"언니하고는 단체 미팅에서 만난 거 아니에요?"

"도대체 어디까지 알고 있어요?"

"다요 다. 다 알고 있어요."

"참 겁나네. 그래요. 단체 미팅에서 만났어요."

그랬다. 어느 날 집에 있는데 친구한테 전화가 왔다. 자기가 단체 미팅을 주선했는데 한 명이 펑크 났다는 거였다. 같이 하숙하는 선배가 유인물을 돌린 것 때문에 덩달아 그 친구까지 경찰서에 가서 조사를 받게 되었는데 자기는 금방 나올 거라고 하더니 못 나오고 있다는 거였다. 그래서 나보고 나가서 적당히 분위기만 맞추어 주고 오면 된다는 것이었다. 평소 같으면 싫다고 안 나갔을 텐데 그날은 왠지 나가볼까 하는 생각이 들었다. 그래서 대충 차려입고 약속한 카페에 들어가려는데 막 카페에 들어가려던 한 여학생이 돌아서서 나를 빤히 쳐다보고 있었다. 엷은 보라색에 살짝 무늬가 그려진 원피스가 잘 어울렸다. 선옥이었다. 손가락으로 나를 가리키며 "너, 너…" 했다. 우리는 마주 웃었다. 이렇게 만나기도 하는구나 하면서.

우리는 당연히 파트너가 되었다. 그때 선옥이가 내게 '너는 잘하는 거 하나도 없지만 공부는 잘했잖아. 그래서 네가 좋은 학교 갔을 거라고 생각했어'라고 하면서 오늘 만날 것 같았다고 말했었다.

"그때도 선옥이가 나를 잡아 당겼다고 생각했어요. 그렇지 않았으면 나는 그 자리에 안 갔을 거예요. 그때부터 선옥이가 미국 갈 때까지 1년 반 정도를 만났었지요."

"신기한 것 같기도 하고…."

선숙이가 고개를 갸우뚱했다.

"그래서 언니하고 영어 학원도 같이 다니고 삼청공원가서 키스도 하고 그랬어요?"

"그랬죠, 그런데 선옥이는 그때 이미 미국에 가려고 수속을 밟고 있었어요. 영어학원도 다니고 여권사진 찍고 비자 받고 그런 데에 다 같이 갔었어요. 좀 섭섭하기도 했어요."

"왜 가지 말고 나하고 사귀자 해보지 그랬어요."

"이미 다 결정이 되어 있었어요."

"그러니까 아저씨가 바보라는 거야. 언니는 그 말을 기다리고 있었는지 몰라요."

"한번은, '나하고 같이 유학 갈 생각이 없냐?' 하고 물은 적이 있어요. 그 말이 참 고마웠어요. 나를 조금은 생각해주는구나 하는 걸 느꼈거든요. 아무튼 우리는 영어학원을 같이 다니면서 열심히 했어요. 선옥이는 물론 더 열심히 했고요. 나도 아마 그때 실력이 늘어서 회사 다닐 때 주로 해외 파트에서 일하게 되었고 결국 캐나다에 눌러앉게 되었지요."

"그때 얘기 좀 해봐요."

"무슨 얘기를 듣고 싶은지 알아요. 학원은 광화문에 있었는데 끝나고 영화도 보고 술도 가끔씩 한잔하고 그랬어요. 어느 날인가 학원 끝나고 청진동에서 같이 소주를 마시고 있는데 첫눈이 오는 거예요. 그런데 서울의 눈이 보통 그렇듯이 오면서 바로 다 녹아 버리잖아요. 선옥이가 아쉬워 하는 거예요. 그래서 내가 삼청공원에는 눈이 안 녹았을 거라고 가자고 했지요."

우리는 버스를 잡아타고 삼청공원으로 갔다. 눈은 꾸준히 내리고 있었다. 버스 안에서 우리는 아무런 말도 없이 창밖에 내리는 눈만 바라보고 있었다. 부산스럽고 복잡한 거리에서 멀지 않은 거리에 있는 삼청동은 또 다른 분위기였다. 눈발은 더 거세지고 있었다. 우리는 차에서 내려 골목길을 돌아 공원으로 들어섰다. 분위기는 스산했다.

"이거 봐. 여기는 눈이 남아 있잖아. 발자국 소리가 들려."

나의 의도적인 큰 소리에 우리의 발걸음이 빨라졌다. 쭉쭉 뻗은 나무들이 내려 보고 있는 숲속은 우리를 멈칫하게 만들었다. 서로 얼굴을 마주보고 섰다. 선옥이가 나무를 등지고 나는 다가섰다. 우리는 어색하지만 예비한 듯이 서로를 안았고 선옥이의 입술은 너무 부드러워서 나를 아득하게 만들었다. 내가 무엇을 하는지도 모르면서도 나는 선옥이에게 빠져 들어 있었다. 한참 시간이 흐른 것 같지만 사실은 긴 시간이 아니었을 거다. 선옥이에게서 떨어진 나는 무슨 말이라도 해야 할 것 같아서 말했다.

"넌 참 예뻐."

선옥이는 쿡 웃으며 말했다.

"그래? 넌 참 착해."

우리가 숲속을 나올 때 선옥이가 내 팔을 잡았다. 평소에 거침없던 모습이 아닌 여자의 모습이었다. 나도 왼쪽 팔을 살짝 굽혀 선옥이가 내 팔 잡기 편하게 해주었다. 내 가슴은 벅차올랐고 어쩌면 선옥이가 미국에 안 갈지도 모른다고 생각했다.

"맥주 한 잔 더 할래?"

조용한 카페를 바라보며 내가 물었을 때 선옥이는 고개만 끄떡였다. 맥주를 마시는 내내 서로 간단간단한 대화만 오갈 뿐 특별히 집중할 주제는 없었다. 굵고 낮은 크리스 크리스토퍼슨의 음악이 우리를 더 가라앉게 만들고 있었다.

우리가 밖으로 나오자 어둠이 소소히 내리고 있었다, 내가 숲속 쪽으로 가볍게 당기자 아무런 말 없이 따라왔다. 숲속에 들어서자 우리는 다시 서로의 입술을 찾았다. 사람의 살결이 그렇게 부드러운 줄 그 때 알았다. 한 조각 한 조각 음미하듯이 맛본 그 입술은 살짝 달콤하고 살짝 부드럽다가 굳은 듯하다가 다시 부드러워지곤 했다.

집에 돌아온 나는 바로 잠에 떨어졌다가 깼는데 내내 다시 잠을 잘 수가 없었다. 선옥이의 얼굴이 내 눈앞에 어른거리고 그 입술 맛이 입 속을 맴돌고 있었다. 그야말로 날카로운 첫 키스의 추억이 나의 운명 을 흔들어 버리는 것 같았다.

"그래서? 그 다음번부터는 키스를 자주 했겠네요?"

"아니요. 오히려 더 어색했어요. 그래서 더 조심했어요. 나를 이상한 놈으로 보면 어떻게 하나 하는 걱정이 있었어요."

"아휴 다시 말하지만 아저씨는 바보 멍청이에요. 언니 맘은 그게 아 니었는데 말이에요. 한심해."

선숙이가 고개를 가로저었다.

"그게 무슨 말이에요?"

"언니는 막상 미국에 혼자 가려니 겁이 났었나 봐요. 그때는 맘이 흔들리고 있었어요. 답답해라. 언니한테 한번 자자고 했어도…. 아 참 몰라요. 미국에 안 가고 잡을 기회도 있었는데 바보같이."

"아니에요. 나한테, 미국 사람들은 키스도 생활의 일부라서 나하고 한번 연습해 봤다고 그랬어요. 나는 '그럼 그렇지' 하면서 무지 실망했 었구요."

"휴우. 아저씨. 내가 물어볼게요. 남자나 여자한테 공통된 이상형이 있어요. 그게 뭔지 아세요? 옆에 있는 사람이에요. 바로 옆에 사람과

지평리에서

정들면 그 이상 아무것도 필요없어요. 잠시지만 언니가 불쌍해. 언니가 한국 생활을 그리워할 때마다 떠올릴 수 있는 추억이 이렇게 한심한 아저씨하고의 추억뿐이니 참… 내가 이렇게 답답하니 언니는 얼마나 답답했을까. 미국 생활도 만만치 않은데."

"왜요? 미국 생활이 어땠는데요?"

"공항에 나오지 말라고 했다고 정말로 안 나와요? 그 때 언니가 얼마나 실망했는지 알아요?"

"식구들이 다 와 있을 텐데 내가 가면 뭐라고 소개하나 싶기도 하고… 어려웠어요. 가고 나서 몇 번 편지를 주고받았는데 얼마 안 돼서 답장이 없었어요. 그래서 나도 포기했지요."

"예. 언니는 우리 아버지의 소개로 아버지 친구분이 사시는 시애틀로 유학을 간 거예요. 그런데 그분이 언니를 보자마자 바로 며느릿감으로 찍은 거예요. 형부도 언니를 좋아했고, 또 언니도 소원이었던 미국에서 살 기회가 생긴 거구요. 그래서 언니는 칼리지 2년도 겨우 다니고 결혼해서 아들 하나 낳고 잘 살았죠."

"그랬군요. 고층 빌딩이 빽빽하게 차 있는 시내와 파란 하늘, 울창한 숲이 보이는 엽서를 몇 번 받았는데 그때마다 기가 죽었었어요."

"예. 그런데 시댁이 한국 식품점을 꽤 크게 했었는데 초창기라서 돈도 많이 벌었죠. 그런데 큰 회사들이 시애틀에 와서 경쟁하게 되면서 어려워졌어요. 투자도 꽤 크게 해서 대항도 해보았지만 점점 더 어려워졌지요. 원래 형부가 덩치가 있어서 혈압이 높았는데 사업이 어려워지면서 건강도 급격히 안 좋아지더니 결국 일찍 돌아가셨어요. 언니

는 시애틀 생활을 접고 시애틀에서 남쪽으로 조금 떨어진 시골에 가
서 조그만 모텔을 하나 사서 조용히 살다가 언니도 암이 발견되고 바
로 한국으로 돌아와 살게 된거죠. 지금도 그 모텔은 아들이 하고 있
어요."

"그래서 지금 선옥이는 병원에 있나 보죠?"

내가 참고 있던 질문을 했다.

"잠깐만요" 하더니 선숙이가 일어났다.

상민이 술잔을 내게 내밀며 어색하게 웃었다.

"그런 사연이 있었구만. 난 전혀 몰랐네. 당신은 알고 있었어?"

"나도 대충만 들었지 이렇게 자세히는 몰랐지요."

우리는 무언의 침묵 중에 선옥이에 대한 추억을 되돌리고 있었다.
잠시 후에 선숙이가 무언가를 잔뜩 들고 들어서면서 말했다.

"이제 언니 얘기를 해야죠? 언니는 두 달 전에 하나님 품으로 갔
어요."

아무런 톤도 없이 담담하게 얘기를 해서 내가 잠시 멈칫했다.

"이게 언니의 앨범이고 쓰던 물건들이에요."

"선옥이가요? 두 달 전에?"

"아까 얘기했잖아요. 왜 이제 왔어요. 언니가 얼마나 기다렸는데…
조금만 일찍 오지."

선숙이의 목소리에 물기가 배고 내 몸에서도 기운이 푸욱 빠져 나가
는 걸 느낄 수 있었다.

"두 달 전이요. 두 달."

선숙이가 다시 한번 강조했다.

"언니는 아저씨를 분명히 만날 거라고 믿고 있었어요. 꼭 찾아올 거라고 했었어요."

가슴이 먹먹해졌다.

"그리고 이거 기억하세요?"

선숙이가 들어 올린 건 선옥이가 시애틀로 떠나기 전날 내가 준 선물이었다. 자개로 만든 소지품 거울. 내가 받아들고 열어 보았다. 선옥이의 예쁜 얼굴을 비추던 그곳에 선옥이는 없고 술에 취해 발그레해진 내 얼굴만 보였다. 가슴이 욱해짐을 느꼈다. 눈물이 나올까 봐 화제를 돌렸다.

"이게 앨범인가요?"

"예, 찬찬히 보세요. 내가 아저씨를 찾아보았는데 두 군데 나와요. 하나는 학교에서 연극할 때, 또 하나는 소풍 가서 단체로 찍은 거. 대학 때 그렇게 만났으면서 어떻게 사진 한 장 없어요?"

"그때는 사진기를 들고 다녀야 했고 또 일부러 사진찍자고 하기도 좀 그랬어요."

"여권 사진 찍으러 갔다가 같이 하나 찍은 사진이 있었대요. 그걸 결혼하면서 없애 버렸는데 나중에 무척 아쉬워 했었어요. 아저씨는 갖고 계세요?"

"그럼요. 갖고 있지요."

"언니가 좋아했을 텐데… 여기부터가 미국 사진인데 뭐 형부나 시댁 식구들은 관심이 없을 테니까. 넘기고, 넘기고. 아. 그리고 이게 마지막으로 언니가 하던 그 모텔이에요. 이게 아들이고요."

선숙이가 앨범을 한 장 한 장 넘기다 말고 모텔 사진을 보여주었다.

아. 그런데 그 낯익은 그 모텔.

쇼어 모터스 인(Shore Motors Inn).

파란색 지붕과 파란색 바탕에 흰색으로 써서 건물 벽에 붙여 놓은 그 사인. 뒤에는 참나무가 가득한 굽어진 산등성이. 나는 금방 알아 볼 수 있었다.

"잠깐만요. 이 Motel을 선옥이가 했다고요?"

"예. 그런데 왜요?"

"이게 어디에 있는 거지요? 주소가요."

"시애틀에서 남쪽으로 좀 내려가면 애버딘이라고 있어요. 바다가 가 까운 조그만 동네에요. 왜요?"

나는 얼른 휴대폰에 저장된 사진을 찾아서 시간을 돌렸다. 지우려 다 나중으로 미루고 미뤘던 사진들이 여기요, 여기요 하는 듯이 불쑥 불쑥 나타났고 시간보다 더 빠르게 지나갔다. 시간이 4년 전, 5년 전 으로 되돌아가면서 돌아가는 속도가 줄어들더니 드디어 그 건물이 나 타났다. 파란색의 쇼어 모터스 인(Shore Motors Inn). 아직도 기억에 생 생하게 남아있는 그 모텔이었다.

"어머, 어머. 이게 어떻게."

선숙이도 내가 보여준 사진에 놀라서 물었다.

7년쯤 전인가? 나는 밴쿠버에서 오레곤주로 휴가를 떠났었다. 회사의 복잡한 문제를 일단 좀 떠나 있어 보자 하는 기분으로 갑자기 잡은 일정이었다. 그러다 보니 어디를 목표로 하기보다는 바닷가 경치가 아름답다는 101번 도로를 따라 주욱 내려갔다가 오리건 밸리와 크레이터 호수를 보고 오는, 바람 쐬러 가는 그런 여행이었다. 그 당시에 마지막으로 고생 좀 시킨다 하는 맘으로 오래된 차로 떠나다 보니 차에 GPS가 없어서 지도를 대충 보고 나섰다. 길을 잃으면 아무 데서나 하루 잘 생각이었다. 그런데 시애틀을 지나, 올 만큼 왔다 싶은데도 101번 도로가 영 나타나질 않았다. 좀 더 좀 더 하다가, 더 가면 돌아오기 어렵겠다 싶어서 지도로 위치를 확인하기로 하고 적당한 곳을 찾는데 마침 모텔 사인이 나왔다. 안내 사인을 따라 들어가자 3동으로 되어 있는 모텔 주차장이 꽤 넓었다. 지도를 보니 조금만 더 가면 되겠구나 하면서 지도를 접고 떠나려는데 분위기가 어딘지 낯익었다. 건물 뒤로 나즈막한 언덕이 있고 그곳에는 참나무, 도토리나무들이 커다란 잎을 무겁게 달고 있었다. 그 밑으로 자리 잡고 있는 모텔 건물이 한국의 양철지붕 집처럼 산을 기대듯 등지고 편안하게 앉아 있었다. 다시 한번 둘러보았다. 편안한 인상이었다. 참 한국의 시골 풍경 같구나 하면서 자꾸 돌아보다가 사진을 몇 장 찍었다.

"그래요?"

선숙이가 놀라서 내 얼굴을 빤히 쳐다보며 물었다.

"차를 몰면서도 계속 돌아보았었고 집에 돌아와서도 그 모텔이 유난히 기억에 남았어요."

"그러면 그때는 언니가 그 모텔에 있을 때예요. 만날 수 있었던 건데."

"그러면 그때도 선옥이가 형진 씨를 잡아 당긴 건가요?"

금숙이가 이제는 꽤 심각한 얼굴로 물었다.

"그러네요. 또 선옥이는 잡아당기고 나는 끌리듯 그곳에 간 거네요."

우리는 잠시 말을 끊은 채 서로 머리를 정리하고 있었다. 선숙이가 우리들을 둘러보더니 젓가락을 탁 내려놓으며 말했다.

"아. 이건 말로 설명이 안 돼. 언니를 만나러 가요. 아무래도 언니가 기다리고 있는 것 같아."

"선옥이를 보러 가자고요?"

내가 선숙이를 바라보자 내 등을 탁 치며 말했다.

"빨리 일어나요."

"그래, 우리도 오랜만에 선옥이한테 가보자."

금숙이와 상민이도 따라 일어났다. 밖으로 나오자 선숙이가 내 곁에 따라 걸으며 얘기를 했다.

"언니는 암이 발견돼서 한국으로 와 치료를 받았어요. 한 육개월 치료를 받았는데 다행히 초기에 발견되었다며 계속 통원 치료를 받으면 괜찮을 거라고 했어요. 그래서 시애틀로 돌아가지 않고 나하고 이 음식점을 같이하게 되었죠. 언니도 건강해지고 손님도 꽤 있어서 재미있었어요. 미국 생활을 거의 잊고 지냈죠. 그런데 작년에 재발이 되었어요. 그땐 이미 많이 퍼진 상태였지요."

학교 담장을 끼고 돌며 개천길로 들어섰다. 잠시 숨을 고르더니 계속했다.

"지난여름, 언니가 하늘나라 갔을 때 시애틀의 형부 곁으로 보내지 않고 우리 집 뒤에 있는 아버지 곁에 모셨어요. 조카는 시애틀로 모셔 가기를 바랐지만 언니 유언도 있고 해서 내가 막았어요. 언니는 그렇게 가고 싶어 했던 미국 생활에 대한 미련이 별로 없었어요. 적당한 시기에 화장해서 산에 뿌려 달라고 했어요."

"그럼 지금 우리는…."

"예. 언니 산소에 가는 거예요. 언니가 기다리고 있을 거예요."

개천길을 건너 호두나무가 아직도 버티고 있는 집 뒤로 야트막한 산이 감싸고 있는, 눈에 익은 광경이 나오면서 시애틀의 그 모텔이 눈에 선하게 떠 올라왔다. 어떻게 그런 일이 일어났을까 생각이 들었다. 국화꽃이 피어 있는 남의 집 마당을 두어 개 지나 모퉁이를 돌자 언덕이 상당히 가파라졌다. 상민이 부부는 이미 저만치 앞서 나가고 있었다. 허리를 굽혀 자세를 낮추고 가까이 있는 나뭇가지를 잡아가며 겨우겨우 따라가는데 숨이 빨라졌다.

"18홀 공은 쳤겠다. 술도 한잔했겠다. 나이는 들었겠다. 힘들죠?"

뒤에서 따라오던 선숙이가 나를 잡았다. 우리는 적당한 장소를 찾아서 숨을 고르며 마을을 내려 보았다. 건너편에 보이는 기찻길과 바로 아래에 보이는 개울 사이로 자리 잡은 동네가 한 눈에 들어왔다. 가을걷이가 끝나고 텅 비어있는 논밭은 허망한 모습이었다. 아니 어쩌면 할 일을 다하고 이제 좀 쉬자 하는 편안한 모습이었다. 저 작은 동네가 의병 활동의 발산지였고 무지막지하게 내려오던 중공군을 막아내 6·25전쟁의 전황을 돌려놓은 바로 그 동네라는 게 믿기지 않았다. 그만큼 사람들의 피가 뜨겁다는 건가? 그만큼 사람들의 심지가 굳다는 얘기인가? 그만큼 기가 세다는 얘기인가? 나는 그 기에 눌려 있었던가?

지그재그 길을 지나 홀로 뚝 떨어진 집을 돌아 산길로 접어들자 왼쪽 어깨 위로 산소들이 나왔다. 큰 봉분들 사이로 아직 잔디가 듬성 듬성한 게 선옥이겠구나 싶었다. 그 당당하고 야무졌던 선옥이가 저렇게 누워 있다니 믿어지지 않았다.

'선옥아. 네가 여기 있다고? 이건 너답지 않아.'

나지막히 불러 보았다. 그런데 갑자기 앞이 환해지더니 선옥이가 큰 거실에 앉아서 나를 바라보고 있었다. 내가 놀라서 엉거주춤하자 선옥이가 의자에서 일어나 활짝 웃으며 내게 다가왔다.

'왔어?'

선옥이가 양팔을 크게 벌렸다. 내가 달려가 선옥이의 손을 잡으려고 하는데 발이 움직여지질 않았다.

'이리와. 네가 올 줄 알았어. 기다리고 있었어. 내가 기다릴 때 너는 항상 나한테 왔었잖아.'

선옥이가 양팔을 흔들며 다시 나를 재촉했다.

'그래. 선옥아. 나도 보고 싶었어.'

그런데 말도 나오지 않았다. 나는 선옥이에게 다가가려고 발버둥 쳐 봤다. 선옥이의 이름을 불러 보려고 숨을 크게 들이마셨다.

그때 누가 내 등을 치면서 나를 일으켜 세우려 내 겨드랑이를 들어 올렸다.

140   지평리에서

"아저씨. 괜찮아요?"

정신이 들며 둘러보았다. 선옥이는 간데없고 나는 산소 앞에 넘어져 있었다.

"일어나요. 갑자기 왜 그래요? 넘어질 것도 없는데."

선숙이가 나를 다시 일으키려 내 팔을 잡았다. 힘겹게 일어나 산소를 바라보았다.

이제 막 돋아나면서 성해지는 잔디들 틈새로 이름 모를 조그만 꽃이 막 피어나려는 듯이 망울지고 있었다. 툭 건드리기만 지금이라도 터트릴 것 같이 얼굴을 쳐들고 나를 바라보았다. '왜 이제 왔어, 왜 이제 왔냐고!' 하면서 나무라는 것 같았다.

"선옥아. 반가웠어. 보고 싶었어. 너도 내가 보고 싶었던 거지?"

어렵게 내 입에서 선옥이의 이름이 흘러 나왔다. 내 팔짱을 끼고 있는 선숙이에게 기대어 선옥이의 대답을 기다렸다. 내 그림자가 선옥이 위에 길게 늘어졌다.

◇◇◇

저녁을 먹고 나서 마당에 나가 굴뚝에 세워 둔 멍석을 꺼내 깔았습니다. 모깃불을 피우는 삼촌이 신문지와 잔디를 섞어 밑불을 태우자 불길이 가늘게 피어나다가 큰 가지에 옮겨붙었습니다. 그 위에 청솔과 나뭇가지들을 덮어씌우자 하얀 연기가 하늘 높이 올라갔습니다. 삼촌은 내 어깨를 툭 치며 말했습니다.

"이 정도면 3시간은 충분할 거야."

속으로 나도 충분하다고 생각했습니다. 세 시간이면 나는 이미 자고 있을 겁니다. 곁에 쌓아 놓은 나뭇가지도 충분한 것 같았습니다.

삼촌이 만복이 아저씨네 놀러 나가고 나는 멍석에 앉아서 하늘을 보았습니다. 잔 노을이 남아 있는 언덕배기 위로 방앗간이 까맣고 조그맣게 걸터앉아 있었습니다. 조금 있으면 그리로 비행기가 들어갈 겁니다. 매일 그랬습니다. 노을이 사그라질 때면 까만 점처럼 작아진 비행기가 남쪽으로 날면서 그 방앗간으로 들어갔다가 없어지곤 했습니다. 비행기도 저녁이 되니까 자기 집으로 가는 것 같았습니다. 별들이 점점 커지고 뚜렷해지면서 나 여기 있다 나도 있다 하면서 더 많이 나타났습니다.

나는 항상 북두칠성부터 찾았습니다. 삼촌이 가르쳐 주었습니다.

"저기 일곱 개 국자처럼 되어 있는 거 그게 북두칠성이야. 그리고 저

끝에 있는 별 두 개 사이의 거리를 일곱 개 가면 그게 북극성이야. 다른 별은 움직여도 북극성은 안 움직여. 북쪽이 어딘가 할 때 저 별을 찾으면 돼. 그리고 그 반대편이 카시오페아 자리야."

삼촌은 손으로 아래위를 몇 번 그렸습니다. 그런데 견우와 직녀 자리는 찾기가 어렵습니다. 며칠 전 칠석날 견우와 직녀가 만났다고 하는데 별들이 너무 많아서 그 별이 그 별 같습니다. 정말 신기하게 그날은 비가 왔습니다. 어른들은 둘이 만났다고 하면서 올해는 유난히 눈물을 많이 흘린다고 했습니다.

아, 비행기가 나타났습니다. 별들이 이미 많이 나온 걸 보면 오늘은 조금 늦었습니다. 그래도 집은 잘 찾아가는 것 같습니다. 방앗간 뾰족한 지붕 위로 사라졌습니다.

"할머니 계시니?"

옆집 경태 엄마와 경태 할머니가 세숫대야를 옆에 끼고 왔습니다. 조금 있으면 태수네 엄마도 올 겁니다. 오늘은 우리 집에서 여자들이 목욕하는 날입니다. 마당에 펌프가 있는 집이 몇 안 되는 데다 우리 집은 담이 높고 대문만 잠그면 안에는 아무도 들어갈 수 없어서 가끔 우리 집으로 동네 여자들이 목욕하러 모이곤 합니다. 그러면 삼촌은 만복이 아저씨네 가서 자고 옵니다.

멀리서 병섭이네 개가 짖습니다. 짖는 소리가 길게 늘어지는 걸 보면 삼촌이 그 집 앞을 지나가는데 인사를 하는 것 같습니다. 우리가 지나갈 때도 안에 있다가 뛰어나와 길게 짖고는 또 아무렇지도 않은 듯이 자기 집으로 들어갑니다.

"아이고 시원해라."

할머니가 손으로 머리를 길게 감아 올리며 나와 내 옆에 앉았습니다. 나는 할머니 곁으로 스르르 무너졌습니다. 할머니가 나를 끌어 올려 무릎 베개를 해 주었습니다. 하늘의 별이 가물가물 계속 나타나서 이미 하늘엔 별이 가득합니다.

"균성이 오늘은 별을 몇 개나 따는지 안 해보니?"

경태 엄마가 물었습니다. 나도 해볼까 하는 마음으로 일어나 앉았습니다. 오늘은 잘할 수 있을 것 같았습니다. 숨을 크게 들이쉬고 빠르게 읊었습니다.

"별 하나 따서 구워서 불어서 망태기에 넣고, 별 하나 따서 구워서 불어서 망태기에 넣고, 별 하나 따서 구워서 불어서 망태기에 넣고, 별 하나 따서 구워서 불어서 망태기에 넣고, 별 하나 따서 구워서… 불어서 망태기에…"

내 발음이 희미해지더니 결국 참지 못하고 말았습니다.

"아이구 균성이가 오늘은 일곱 개나 땄네. 이제 곧 열 개도 따겠네. 이제 어른 다 됐어."

경태 엄마가 호들갑을 떨며 내 등을 툭툭 쳐주었습니다.

"삼촌은 지난번에 열다섯 개 했는데…."

"아이구 삼촌은 어른이지. 너도 금방 할 수 있어."

아줌마, 할머니들이 웃으며 나를 바라보았습니다. 나는 멋쩍게 다시 할머니 무릎 위로 벌렁 누워 버렸습니다.

"그나저나 경태 외할버지는 편찮으시다구 하더니 좀 차도가 있나?"

태수 엄마가 물었습니다.

"고만고만하네요. 얼마나 더 사실지."

"올해가 일흔둘?"

"예, 다담 달이 생신이신데…."

경태 엄마가 한숨을 푹 내쉬며 나뭇가지를 몇 개 집어 불 속에 던졌습니다. 불꽃이 잠시 멈칫하더니 한쪽 끝부터 불이 붙으며 연기를 하늘 높이 뿜어 올렸습니다.

"아니 근데 저기 누가 오는 거 아녀? 이 늦은 시간에."

태수 엄마가 밭 끄트머리를 가리키며 말했습니다. 나도 고개를 돌려 보니 정말 누가 가방을 들고 어렵게 어렵게 이쪽으로 다가오고 있었습니다. 우리는 모두 그쪽을 바라보고 있었고 사람 모습은 점차 뚜렷해지고 있었습니다.

"누구슈?"

할머니가 고개를 버쩍 들며 물었습니다.

"저어, 소샘말을 가야 하는데 날이 너무 어두워서…."

다가와 대답하는 사람은 백을 어깨에 메고 가방을 든 젊은 아가씨였습니다. 가방을 내려놓고 가지런히 손을 모으고 얘기하는 게 얌전하고 위험한 사람은 아닌 것 같았습니다.

"소샘말 누구네 가는 길인데 이렇게 늦었수?"

할머니가 다시 물었습니다. 아가씨는 잠시 머뭇머뭇하더니 대답했습니다.

"소샘말 강여택 씨네요. 강여택 씨가 제 오빠예요."

할머니가 나를 슬쩍 밀어내더니 벌떡 일어났습니다.

"강 집사 동생이라구? 아이구 아이구."

할머니가 아가씨의 손을 덥썩 잡았습니다. 아가씨는 거부감 없이 손을 맡겼습니다. 할머니가 손등을 탁탁 치면서 얼굴을 더 자세히 보려는 듯이 가까이 다가갔습니다.

"아이구, 아이구 근데 어쩐 일이여. 이렇게 늦게."

"예. 내일모레가 오빠 돌아가신 지 일 년 되잖아요. 아버지가 저한테는 오빠에 관해서 잘 연락을 안 하셔서… 제가 장례식에도 참석 못 했고 해서 이번에는 아예 여름휴가를 내고 겸사겸사 다니러 왔어요."

"그랬구먼. 벌써 일 년이 됐구먼."

할머니가 다시 크게 한숨을 내쉬었습니다.

"근데 기차가 한 시간 반이나 연착을 했어요. 그래서 그런지 마지막 버스까지 끊겨서 할 수 없이 걸어오는 길이에요."

"아이구 그러면 기차역부터 걸어왔단 말여? 그 뾰죽 구두를 신고? 발이 난리 났겠네."

경태 엄마가 거들었습니다.

"구두 굽이 낮아요. 걸을 만했어요."

할머니가 그제서야 생각났다는 듯이 물었습니다. 한결 친근한 목소리였습니다.

"저녁은? 그리고 여기 우선 좀 앉아. 앉아서 얘기해."

태수 엄마가 한쪽으로 물러나며 자리를 손으로 탁탁 털어냈습니다.

"여기, 여기. 아이구 닭똥이나 없을지 모르겠네. 좋은 옷에 냄새라도 밸라."

"괜찮아요."

아가씨가 선선히 들어와 앉더니 신발부터 벗었습니다.

"저녁도 못 먹었겠네."

할머니가 다시 물었습니다.

"아니요. 마지막 버스도 떠났다길래 밤새 걸을 생각에 역전에서 국밥 하나 사 먹었어요."

"진짜로?"

할머니가 미덥지 않다는 듯이 다시 물었습니다.

"예. 진짜예요. 걱정하지 마세요."

경태 엄마가 자기 앞에 있는 그릇을 내밀며 말했습니다.

"그럼. 이거 개떡인데 이거라도 좀 먹어봐요. 아이구 이런 걸 먹을 줄 아는지 모르것네."

"아. 그럼요. 어릴 적에 많이 먹었죠."

아가씨가 손을 내밀어 한 점을 집어 먹었습니다. 할머니와 경태 엄마가 마주 보며 웃었습니다. 아가씨도 같이 웃었습니다.

"승천이 어머니 되시죠?"

아가씨도 좀 편해졌는지 발을 손으로 문지르며 물었습니다.

"우리 승천이를 어떻게 알아?"

갑자기 삼촌 이름이 나오자 할머니도 놀랐지만 나도 놀랐습니다.

"저하고 중학교, 고등학교 다 동창이에요."

"아이고 내 정신. 그랬다고 듣고서도. 내가, 내가 이래."

분위기가 좀 더 편해졌습니다.

"학교 다닐 때 친했어요. 같이 미술반도 하고 착하고 공부도 잘해서 인기가 좋았어요. 또 잘생기고."

아가씨가 손으로 입을 가리면서 웃었습니다.

"착하긴 하지. 승천이는 오늘 친구네 집에서 자고 온다고 했는데…"

할머니도 삼촌 칭찬에 기분이 좋아진 것 같았습니다.

"예. 그렇군요."

아가씨가 약간 실망하는 것 같았습니다.

"오빠 장례식 때 승천이가 많이 도와줬다고 들었어요. 아버지가 많이 칭찬하셨어요."

"뭘."

"근데 고등학교를 졸업하고는 한 번도 못 봤어요. 저는 졸업하자마자 서울에 있는 아버지 친구 분 회사에 취직해서 가고 승천이는 예산 농전에 입학했다고 들었어요."

"음. 그랬지. 그나저나 서울에서 회사 다니는구먼."

"예. 영등포에 있는 조그만 회사에요. 밤에는 학교도 다니고요."

"학교?"

"예. 집에서 가까운 데에 신학교가 있어요. 거길 다녀요."

"아이구. 잘했네. 잘했어."

할머니가 아가씨의 손을 잡아 흔들다가 내려놓고는 어깨를 두드려 주었습니다.

"오빠가 살아 계실 때, 하나님이 자기에게 조그만 시력이라도 주시면

먼 나라, 하나님을 모르는 나라에 가서 선교하고 싶다고 했었어요. 그
말이 항상 맘에 있었는데 어느 날 보니까 집 가까이에 신학대학이 있
는 거예요. 그래서 바로 가서 등록했어요."

모두 다 고개를 끄떽끄떽했습니다. 아가씨는 그제서야 주위 사람들
을 주욱 둘러 보았습니다. 나와 눈이 마주쳤습니다.

"우리 손자여. 승천이 조카지."

"아. 수원에서 선생님하시는 큰 아드님의."

"그렇지. 며느리가 얘 밑으로도 둘을 줄줄이 낳았잖여. 그래서 나도
적적하고 해서 얘는 나하고 살지."

"그렇군요. 오빠하고 친하게 지냈다고 들었어요."

아가씨가 나를 보며 슬쩍 웃어 주었습니다. 나는 그냥 고개를 푹 숙
이고 말았습니다.

"아 그러나저러나 오늘은 우리 집에 자고 가. 그리고 마침 집에 아무
도 없으니까 들어가서 목욕도 하고. 집에 들어가면 왼쪽으로 펌프가
있어. 대문 잠그면 걱정할 거 하나 없으니까 안심하고."

할머니가 서두르며 재촉을 했습니다. 아가씨는 잠시 망설이는 듯하
더니 일어나 신을 신으려고 하다가 비틀했습니다. 할머니는 손을 내저
으며 말렸습니다.

"그걸 신고 어떻게 해. 얘 고무신 신고 가."

아가씨가 내 눈치를 보았습니다.

"내 신발은 작은데."

내 말에 아가씨가 내 동의를 구하는 듯이 고개를 돌려 웃으며 말했

습니다.

"괜찮아. 나도 발이 작아."

아가씨가 안으로 들어가고 대문 잠그는 딸깍 소리가 나자 할머니가 한숨을 내쉬었습니다. 경태 엄마도 불쌍하다는 듯이 혀를 끌끌 찼습니다.

소샘말에 소경 아저씨가 살고 있었습니다. 우리가 교회에 가려면 지나가야 하는 길목에 있는 큰 기와집에 살았습니다. 그 집은 툇마루도 높고 집도 커서 마치 언덕 위에 있는 것 같았습니다. 소경 아저씨는 항상 마루 위에서 기둥을 잡고 앉아 있었습니다. 우리는 소경 아저씨가 무서웠습니다. 막 떠들고 놀며 가다가도 그 집 앞에 가면 조용히 발소리를 죽이고 살금살금 지나갔습니다. 그러다가 그 집을 지나치면 마구 뛰어 갔습니다.

병섭이는 소경 아저씨한테 걸리면 그 아저씨가 우리 눈을 빼서 자기 눈에 넣을 거라고 했습니다.

"진짜여. 우리가 낫에 비여도 조금 있으면 저절로 붙잖여. 상처도 안 생기고. 눈도 자기 거 빼서 우리 거 넣으면 저절로 붙어서 세상이 보이게 되는 거여. 알어?"

손으로 눈을 빼는 시늉을 할 때 우리는 몸을 떨었습니다. 우리는 소경 아저씨를 멀리서만 봐도 겁이 났습니다. 그런데 아저씨는 우리가 교회에 갈 때쯤이면 항상 그 마루에 나와 앉아 있었습니다. 병섭이는 자기 말을 증명이라도 한다는 듯이 분명히 우리 눈을 노리고 있다고 했습니다. 정말로 소경 아저씨는 고개를 살짝 돌려 우리의 동태를 살피며 우리를 잡아 갈 생각을 하고 있는 것 같았습니다.

그런데 어느 날, 그 소경 아저씨가 마루로 올라가는 돌계단까지 내려와 앉아 있었습니다. 우리가 지나갈 때 손을 내밀면 잡힐만한 거리였습니다. 우리는 아무도 먼저 가려고 하지 않고 멈칫하고 있었습니다. 그때 아저씨가 고개를 들어 우리를 바라보며 말했습니다. 껌벅하는 눈이 무서웠습니다.

"너희들 교회에 가니?"

분명히 우리한테 얘기하는 것이었습니다. 목소리가 생각보다 부드러웠습니다. 우리는 슬금슬금 뒤로 물러났습니다. 내가 살며시 대답했습니다.

"네에."

아저씨가 미소를 지으며 말했습니다.

"그래, 잘 갔다 와라."

우리는 어리둥절했습니다. 서로 눈치를 보다가 내가 앞장섰습니다. 용감한 척, 아무렇지 않은 척. 하지만 빠른 걸음으로 아저씨 앞을 지나갔습니다. 아저씨는 귀를 기울여 우리가 지나가는 걸 마치 눈으로 보고 있는 듯이 하나하나 지나칠 때마다 몸짓이 달라졌습니다. 도망치듯 지나와서 돌아보았습니다. 아저씨는 그때까지 우리를 찾는 듯이 우리 쪽을 바라보고 귀를 쫑긋하는 것 같았습니다. 아저씨가 무서운 사람 같지 않았습니다.

그런데 교회에서 돌아오는 길에 보니 아저씨는 마루 위에 올라앉아 있었습니다. 우리가 지나가는 걸 알고 있는 듯이 물었습니다.

"교회 끝났니?"

우리는 다같이 대답하였습니다.

"네에."

나는 할머니에게 그 얘기를 했습니다. 그랬더니 할머니가 놀러와 있던 경태 엄마의 눈치를 보았습니다. 경태 엄마도 뭐라 할까 하는 듯 하다가 고개를 숙였습니다.

"어떡하지? 걔가 우리 교회를 나오고 싶어한대. 그런데 그 집은 전부터 절에 다니는 집이잖아. 저어기 현양사에 일 년에 쌀 몇 가마씩 시주도 하고 스님들도 나오면 의례히 그 집에서 자고 가고."

"글쎄요."

경태 엄마도 난감해 했습니다.

"걔 엄마가 절에 같이 다니는 사람들한테 교회 가고 싶어 하는 얘기를 해서 다 퍼졌어. 알 만한 사람은 다 알고 있는데 모른 척하기도 그렇잖아."

할머니가 잠시 뜸을 들이더니 얘기를 이어갔습니다.

"그리구 걔 몸이 아주 안 좋대. 그래서 얼마나 더 살지 모르는데 죽기 전에 저하고 싶은 걸 다 해주고 싶다고 그러더래. 가만둘 수 없잖어. 목사님한테 얘기해서 나하구 한번 같이 안 가볼래?"

할머니가 재촉하자 경태 엄마는 자신 없이 그러겠다고 했습니다.

그 다음 주에 교회에 가는데 아저씨 집 마루에 아저씨가 없었습니다. 우리는 아저씨가 어디 갔나 궁금해하면서 편안하게 그 집을 지났습니다. 뭔가 아쉽기도 했습니다. 그런데 놀랍게도 아저씨는 이미 교회 제일 앞자리에 앉아 있었습니다. 아저씨 옆에는 지팡이가 놓여 있었습니다. 혼자 더듬더듬 온 것 같았습니다. 예배가 시작되자 아저씨는 다소곳이 앉아서 목사님의 설교 말씀을 들었고 찬송가를 부를 때도 따라 부르는데 알고 있는지는 알 수 없었습니다. 예배가 끝나고 나서 아저씨 주위로 사람들이 모여들어 얘기를 걸었습니다.

아저씨는 "예, 예" 하면서 싱글벙글 웃었습니다.

나도 곁에 다가가 "아저씨" 하고 살짝 불러 보았습니다. 그랬더니 아저씨가 내 쪽으로 고개를 돌리며 "균성이니?" 하고 내 이름을 불렀습니다. 나는 깜짝 놀랐습니다. 아저씨가 내 이름을 어떻게 알았는지 궁금했지만 아저씨가 무섭지도 않았고 친해질 것 같은 생각이 들었습니다.

할머니가 집에 갈 때 같이 가면서 길 안내 좀 하라고 했습니다. 우리는 발걸음을 맞추어 걸었습니다. 내가 "아저씨 돌멩이" 하면 "여기?" 하면서 발걸음을 크게 뛰곤 했습니다.

다음 주에도 아저씨네 마루에 아저씨는 없었습니다. 우리는 내심 아저씨하고 같이 갈 생각이었는데 이미 아저씨는 교회에 간 것 같았습니다. 그런데 놀랍게도 아저씨네 집에서 교회에 가는 길이 말끔하게 정비되어 있었습니다. 길이 평평해지고 돌멩이도 많이 치워지고 새 흙이 깔려 있었습니다. 아저씨네 집에서 한 걸 금방 알 수 있었습니다.

아저씨의 표정도 점차 몰라보게 밝아졌습니다. 찬송가를 부를 때는 몸을 양쪽으로 흔들고 박수를 치며 흥겹게 불렀습니다. 예배가 끝나면 으레 아줌마들이 와서 말을 걸었고 아저씨도 말이 많아졌습니다.

예배가 끝나고 집으로 돌아올 때는 번갈아 가며 아저씨 지팡이를 잡았고 조심조심 걷던 발걸음도 익숙해지면서 점차 빨라졌습니다. 아저씨 집에 도착해서는 손을 놓고 "안녕히 계세요" 하고 큰소리로 인사하고 헤어졌지만 아저씨는 바로 들어가지 않고 한참 동안 우리 쪽을 바라보고 서 있었습니다.

그날부터 예배가 끝나면 우리는 다 같이 아저씨를 찾았습니다. 아저씨와 집에 가는 일은 우리 몫이 되었습니다. 우리 사이에 대화는 많아지고 있었습니다. 아저씨는 지팡이를 옆구리에 끼고 우리는 아저씨 양쪽 팔짱을 끼고 걷기도 했습니다. 같이 걸으면서 찬송가도 불렀습니다.

다음 주에 아저씨 집에 도착하니까 아저씨의 엄마가 나와 있다가 우리보고 손짓하며 들어오라고 했습니다. 우리는 서로 눈치를 보다가 돌계단을 올라 아저씨가 항상 앉아 있던 마루로 올라갔습니다. 아저씨 마루에서 내려 보는 세상은 달라 보였습니다. 높은 데서 보는 동네는 아는 길도 아주 다른 모습이었습니다. 저 멀리 읍내 가는 먼 논길이 한눈에 보이고 우리 동네까지는 안 보여도 봉원네 산까지도 보였습니다. 아저씨는 장님이면서도 저 넓은 세상을 다 보고 있는 것 같았습니다. 아저씨는 어디에 뭐가 있는지도 다 알고 있고, 무슨 일이 일어나는지도 다 알고 있는 것 같았습니다. 혼자 생각도 많이 하는 것 같았습니다. 그렇게 혼자 생각하다가 교회에 오겠다고 했겠지요.

"이리들 들어와라."

아저씨의 엄마가 우리를 불렀습니다. 아저씨가 쓰는 것 같은 방에 밥상이 차려져 있었습니다. 작은 밥상과 큰 밥상이 두 개 나누어져 있

지평리에서

었습니다. 작은 밥상은 아저씨 거로 따로 되어 있는데 떡 몇 점과 물밖에 없었습니다. 큰 상에는 흰 쌀밥에 고기도 있고 김도 있고 약식도 있었습니다. 우리는 놀랐습니다.

"이리들 와서 먹어."

아저씨 엄마가 다시 재촉하자 아저씨도 기분이 좋은지 "그래. 먹자" 하면서 손을 더듬어 작은 밥상에 다가가 앉았습니다.

나는 아저씨 밥상과 아저씨를 번갈아 바라보았습니다.

"아저씨는 점심을 안 먹는단다. 아침과 저녁만 먹어. 몸이 아파서."

아저씨의 엄마가 안심하고 많이들 먹으라는 듯이 손을 내저으며 재촉하였습니다. 우리는 서로 뺏길세라 후딱 해치웠습니다. 그리고 나서 보니 아저씨 방에는 신기한 게 많았습니다. 아저씨 책상도 따로 있었고 그 위에는 책이 쌓여 있었습니다. 아저씨가 눈치를 챘는지 물었습니다.

"너희들 이게 뭔지 모르지?"

"네에."

"이게 점자책이라고 눈이 아픈 사람들이 읽는 책이야. 손으로 만져 가면서 읽는 거지. 그리고 이게 성경책이란다."

"성경책이요?"

"그래. 너희들은 내가 책을 못 볼 거라고 생각하지? 아니야. 나는 매일 이렇게 성경책을 읽는단다."

"손으로 글씨를 읽어요?"

"저 책도 성경책이에요? 성경책이 왜 여러 권이에요?"

내가 궁금한 걸 많이 물어보자 아저씨가 말했습니다.

"균성이가 호기심이 많구나. 차근차근 많이 얘기해줄 게 자주 놀러 와라. 알았지?"

나는 교회가 끝나면 아저씨 집에 놀러 가는 횟수가 늘어나기 시작했습니다. 다른 아이들이 먼저 가도 나는 아저씨하고 놀다 가곤 했습니다. 아저씨 방에는 라디오도 있었습니다. 우리 동네에서는 이장님 댁에만 있는 게 아저씨 혼자 쓰는 방에 있었습니다. 아저씨는 우리나라에 군인이 대통령이 되고 나서부터는 잘 살게 되었다고 했습니다. 조금 있으면 아침에 서울 가서 점심 먹고 저녁에 돌아올 수도 있을 거라고 했습니다. 좋은 세상이 올 거니까 공부 열심히 해야 한다고 했습니다.

그런데 가을이 되면서 아저씨가 교회에 빠지는 일이 생기기 시작했습니다. 감기에 걸렸다고도 하고 많이 아프다고도 했습니다. 교회에서 오다가 아저씨가 있는 높은 방을 바라보았습니다. 그때 아저씨의 엄마가 나왔습니다.

"균성이구나."

"예."

"그런데 아저씨가 감기가 심하단다."

그때 큰 기침 소리가 나면서 아저씨 목소리가 들렸습니다.

"균성아. 다음 주에 보자."

나도 큰소리로 외쳤습니다.

"네. 아저씨."

그러다가 문제가 생긴 건 겨울이 지나가고 아저씨가 얘기한 목련도 피고 벚꽃도 막 피기 시작하던 때였습니다. 우리 교회에 항상 가슴에 성경책을 안고 다녔다던 윤형이 아저씨가 서울의 유명한 신학대학을 졸업한다며 다녀간 후였습니다. 윤형이 아저씨는 이집 저집 인사도 다니고 아픈 사람한테 기도도 해주곤 했습니다. 윤형이 아저씨가 다시 서울로 돌아간 후에 윤형이 아저씨하고 친하게 지내던 강태 아저씨가 지금 교회가 너무 멀다며 불평하기 시작했습니다. 그러다가 우리 동네에 따로 교회를 개척하여 윤형이 아저씨를 목사님으로 모셔 오자고 하면서 난리가 났습니다. 어른들은 50명도 안 되는 교회를 쪼개서 어쩌겠냐고 나무라면서 젊은 아저씨들하고 싸움이 났습니다.

결국은 교회를 새로 세우기 어려우면 목사님을 바꿔서라도 윤형이 아저씨가 우리 교회로 와야 한다는 얘기까지 돌기 시작했습니다. 점차 강태 아저씨한테 동조하는 청년들이 많아지면서 교회는 더 시끄러워져 갔습니다. 그러던 어느 날 교회에서 예배를 마치고 토론회가 열렸습니다. 우리는 신발장 뒤에 모여서 구경하였습니다.

조심스럽게 시작한 토론회는 점점 목소리들이 커져 갔습니다. 몇몇은 벌떡 일어나서 앞에다 대고 삿대질도 했습니다. 일어나서 말은 안 해도 가슴을 치며 답답하다고 하는 사람도 많았습니다.

"우리도 이제는 제대로 공부한 목사님한테 가슴에 탁탁 와 닿는 설교도 듣고 성경 공부도 좀 해서 뭔가 제대로 신앙생활을 해보자는 겁니다. 지금 목사님이 잘못됐다는 건 아니에요. 20년을 우리 교회에서 목회하셨으면 이제 분위기를 바꿔 볼 때가 됐다는 겁니다."

이때 광수 엄마가 벌떡 일어났습니다.

"하이구. 제대로 된 목사님한테 성경 공부를 하겠다고? 그렇게 성경 공부를 열심히 해서 뭘 하려구? 네가 목사님이라도 할래? 우리는 그저 목사님이 '착하게 살아라, 그게 하나님 뜻이다' 하면 '네' 하고 착하게 살면 되는 거여."

강태 아저씨 뒤에서 누군가 소리를 질렀습니다.

"착하게 사는 거 좋지요. 그런데 뭐가 착한 건지 뭐가 잘못된 건지 는 알아야 할 거 아녀요. 그러니까 우리가 무식하다는 소리를 듣는 거 예요. 참 내. 답답해."

영철이 엄마도 화가 났습니다.

"성경 공부를 그렇게 열심히 할거면 학교 다닐 때라두 공부나 열심히 하지. 그때나 저때나 맨날 말썽만 피우더니."

"학교 다닐 때 공부한 거하구 이게 무슨 관계에요. 딴 얘기하지 마시고요, 윤형이 목사님 같은 분을 우리 교회에서는 모시기 어려워요. 생각 좀 해보세요."

"윤형이가 우리 교회로 오면 너 장로 시켜준다디? 이 나쁜 놈아."

"앗씨. 왜 그러세요?"

화가 잔뜩 난 강태 아저씨가 들고 있던 서류를 집어던졌습니다. 그때 소경 아저씨가 조용히 한마디 했습니다.

"싸우지들 마세요. 하나님 뜻이 아니에요."

모두들 놀라서 아저씨를 보는 순간 "뭐야. 저 병신 새끼" 소리와 함께 강태 아저씨 뒤에서 뭔가가 날아가더니 아저씨 머리를 맞추었습니다. 아저씨는 머리를 감싸 안고 쓰러졌습니다. 열쇠꾸러미에 있던 무거운 뭉치가 아저씨를 맞춘 것이었습니다. 아저씨 이마 옆에서 피가 나고 아저씨는 머리를 감싸고 누워서 일어나질 못했습니다. 내 가슴에서 뭔가가 폭 올라왔고 주먹이 불끈 쥐어졌습니다. 교회는 토론회고 뭐고 난리가 났습니다.

"아이고 아이고 이걸 어쩌나."

아줌마, 할머니들은 어쩔 줄 몰라 했고 강태 아저씨들도 안절부절하지 못했습니다. 이때 삼촌이 벌떡 일어나 아저씨를 들쳐 업었습니다. 하지만 덩치 큰 아저씨를 업는 건 만만치 않아 보였습니다.

"읍내 병원으로 가야 하는거 아녀?"

걱정은 걱정일 뿐 모두들 어쩔 줄 몰라 했습니다. 누군가 물수건을 가져와서 아저씨 얼굴을 닦아주고 팔다리를 좀 주물러 주자 조금씩 정신을 차리는 것 같았습니다. 겨우 정신을 차린 아저씨는 삼촌과 청년 몇 명이 부축해 가며 집으로 돌아갔습니다. 나도 그 뒤를 따라가며 아저씨를 살려 달라고 기도를 했습니다.

그 뒤로 아저씨는 읍내 병원에 입원했다고 했습니다. 아저씨가 앉아 있던 툇마루나 돌계단은 비어 있었고 아저씨네 방문과 대문은 꼭 잠겨 있었습니다.

강태 아저씨들은 교회에 나오지 않았고 아무도 그 얘기는 더 이상 하지 않았습니다. 우리도 궁금했지만 물을 수가 없었습니다.

아저씨는 석 달 정도 아프다가 돌아가셨습니다.

"죽일 놈들, 몸도 성치 못한 사람한테."

할머니는 흥분했습니다.

"그러게요. 그래도 그 댁에서 문제 삼지 않아서 다행이에요. 참, 그 분들 맘이야 오죽할까요."

"글쎄글쎄 말야. 몸이 안 좋았다고 해도 그런 일이 있어서 더 일찍 간 거라고. 교회에 나오면서 얼굴도 좋아지고 그랬었잖아."

"젊은 사람이 참 안됐어요. 그래도 하나님을 영접하고 가서 정말 다행이에요. 하나님이 더 사랑해 주시겠지요."

"그럼. 그럼."

할머니와 경태 엄마는 한숨을 푹 내쉬었습니다.

삼촌은 나서서 장례준비를 하고 그 집 심부름하느라 바쁜 것 같았습니다. 나도 슬며시 아저씨 집에 가보았습니다. 마당에는 큰 천막이 쳐져 있고 사람들은 저마다 바쁘게 움직였습니다. 그때 아저씨의 엄마가 나를 보더니 내게 손짓했습니다. 할머니도 아저씨 엄마와 뭔 얘기를 나누더니 내게 손짓을 했습니다. 내가 머뭇거리며 아저씨의 엄마한테 다가갔습니다.

"균성아. 아저씨한테 인사할래?"

"네에."

내가 가느다란 목소리로 대답하자 아저씨 엄마가 내 손을 잡고 아저씨 방으로 들어갔습니다. 거기에는 병풍이 쳐져 있고 그 앞에 조그만 상이 있고 그 위에는 아저씨 사진이 세워져 있었습니다. 그런데 아저씨가 눈을 뜨고 하늘을 올려보며 환하게 웃고 있었습니다. 얼굴 뒤에서 빛이 비추고 있었고 그 모습은 우리 집에 있는 예수님 사진같았습니다. 갑자기 눈물이 확 쏟아졌습니다. 아저씨가 보고 싶어졌습니다. 아저씨가 나를 부르는 것 같았습니다. 나는 사진을 보면서 막 울어버렸습니다. 아저씨 엄마가 나를 안아주며 같이 울었습니다. 다른 사람들도 다같이 울었습니다.

장례식 날 온 교회 사람들이 다 장례식에 간다고 우울해 했습니다. 할머니와 삼촌은 아침 일찍 소샘말로 가고 나도 병섭이와 같이 나섰습니다.

마당에는 상여가 놓여 있고 목사님도 와 있고 현양사 스님도 와 있었습니다. 우리는 아저씨가 앉아 있던 마루에 올라가 마당에서 진행되는 장례식을 바라보고 있었습니다.

먼저 스님이 목탁을 세게 두드리며 알 수 없는 말을 웅얼웅얼했습니다. 몇몇 아줌마들이 두 손을 비비면서 연신 허리를 굽혀 인사를 했습니다.

목사님도 간단하게 설교 말씀을 하고 찬송가도 하나 불렀습니다.

"자아. 이제 갑시다."

상여꾼 아저씨가 지루하게 오래 기다렸다는 듯이 상여종을 흔들며 재촉했습니다. 해는 이미 중천에 올라서 있었습니다. 상여꾼들이 양쪽으로 흩어져 각자 자기 끈을 어깨에 둘러 메었습니다. 상여종이 더 크게 울리며 움직이기 시작했습니다. 나는 뒤에서 상여를 따라갔습니다. 상여는 교회에 들렀습니다. 나는 다시 한번 엉엉 울었습니다. 산소에 도착했습니다. 하얀 천막 너머에 직사각형으로 깊이 파놓은 게 보였습니다. 아저씨 엄마가 내게 다가와 나를 안아주면서 말했습니다.

"고맙다. 이제 너는 집으로 가. 애기들이 봐서 좋은 거 아니야. 알았지?"

다른 아저씨들도 나보고 집으로 가라고 했습니다. 나는 상여를 다시 한번 돌아보고 돌아섰습니다. 더 이상 눈물도 나지 않았습니다.

몇 주 후 교회가 끝나고 집으로 가려고 다른 아이들을 기다리고 있었습니다. 그때 목사님 딸 영주가 내게 다가오더니 "이리 와 볼래?" 하면서 나를 목사님 사택 꽃밭으로 데려갔습니다. 코스모스와 백일홍이 한가득 피어 있었습니다. 영주가 꽃을 바라보면서 애기했습니다.

"우리 이사간다?"

"이사?"

"응. 대산면에 있는 개척교회로."

영주는 더 이상 아무 말도 하지 않았습니다. 나는 코스모스 꽃을 하나 꺾어서 꽃잎을 하나 걸러 따내었습니다. 하늘에는 흰 구름이 흘러가며 조금씩 부서져 가고 있었습니다. 내가 꽃잎을 구름에 닿으라고 하듯이 높이 던지자 꽃은 바람개비 돌 듯 파르르 돌며 떨어졌습니다.

"헬리콥터 도는 것 같다."

영주가 말하더니 자기도 꽃을 하나 꺾어서 꽃잎을 따고는 똑같이 하늘 높이 던졌습니다. 우리는 꽃잎을 집어 다시 하늘 높이 던졌습니다.

그리고 영주는 정말 이사를 갔습니다. 코스모스나 백일홍은 씨를 맺어 놓고는 늙어 갔습니다. 나는 그 꽃씨를 따다가 우리 집 마당에 심을까 생각하다가 포기했습니다. 꽃씨들도 엄마 아빠 형 누나들 그리고 여태까지 같이 지내던 친구들과 같이 살아야 좋을 것 같다고 생각

164

했습니다.

영주네가 이사를 가고 어수선한 몇 주가 지나서 윤형이 아저씨가 우리 교회 목사님으로 왔습니다. 교회에서 특별한 행사는 없었습니다. 그런데 윤형이 목사님은 오자마자 바로 사람들의 칭찬을 받기 시작했습니다. 서울의 큰 단체에서 돈을 대주기로 해서 교회를 새로 짓는다고 했습니다. 소샘말 가기 전 비행기가 지나가는 방앗간 옆으로 크게 짓는다고 했습니다. 우리 동네에서는 훨씬 가까워지는 것입니다. 또 윤형이 목사님은 동네 동네로 이장님이나 구장님들에게 일일이 인사를 다녔습니다. 4H 모임에도 찾아가 청년들과 어울리면서 교회는 인원이 부쩍부쩍 늘어났습니다.

"아이고 지난 주일 목사님 설교는 다 나보고 들으라고 하는 소리 같아서 얼마나 마음이 찔리던지."

"그려? 난 또 나 들으라고 한 소린지 알았네. 얼마나 말씀이 좋은지 귀에 쏙쏙 들어와. 역시 공부를 많이 한 목사님이 틀려."

"아니 목사님 온다고 할 때는 그렇게 반대를 하더니."

"이렇게 잘할 줄 누가 알았나요. 우리한테는 복덩이가 왔어요, 복덩이."

경태 엄마와 태수 엄마는 목사님 칭찬이 늘어졌습니다.

"그래두 말여. 목사님이 좀 진중해야지. 여기저기 안 끼는 데가 없어. 동네방네 살림을 다하고 다니면 어쩌자는거여."

할머니는 새로 온 윤형이 목사님이 영 탐탁치 않은 것 같았습니다. 소경 아저씨가 불쌍하다고도 했고 서울로 간 강태 아저씨가 나쁜 놈이라고도 했습니다. 그리고 지난주에는 대산면까지 가서 옛날 목사님네 교회에서 예배를 보고 오기도 했습니다. 영주는 그사이에 부쩍 더 컸다고 했습니다. 교회일도 척척 돕는다고 했습니다.

별은 쏟아지듯 반짝이고 바람도 차가워졌습니다. 손님들도 다 자기 집으로 돌아갔습니다. 모깃불에 물을 부어 놓고는 멍석을 둘둘 말아 다시 굴뚝 옆에 세워 두었습니다. 방으로 들어오자 할머니는 아가씨 이불까지 깔아주고는 성경책을 읽기 시작했습니다. 그리고 찬송가를 하나 부르고 기도를 할 겁니다. 나는 그 사이에 잠이 들겁니다. 할머니가 웅얼웅얼 성경책을 읽고 있는데 옆에 누워 있던 아가씨가 내 이불속으로 들어오며 살며시 물었습니다.
"너 이름이 뭐랬지?"
"저 균성이요."
"응 균성이구나. 난 영희야. 강영희."
"네에."
"강영희."
아가씨가 다시 확인을 시켜주었습니다. 나는 내일 아침 삼촌이 돌아오면 강 영희라는 사람이 우리 집에서 자고 갔다고 얘기해 주어야 한다는 것을 알았습니다. 근데 잊어버리면 안 되는데 하면서, 항상 그렇듯이 할머니의 기도 소리를 들으며 잠이 들었습니다.
"우리 균성이가 이 사회와 이 나라를 위해 쓰임을 받는 하나님 아버지의 큰 재목으로 자랄 수 있게 인도하여 주시옵소서…"

지평리에서

다음 날 아침에 할머니는 봉투를 하나 들고 난감해했습니다.

"이걸 어쩌나 어째."

봉투에는 '감사합니다. 강영희'라고 쓰여 있었습니다.

"한두 푼도 아니고."

아가씨는 할머니가 새벽기도 간 새에 봉투를 남기고 떠난 것이었습니다. 아가씨가 잠자던 자리는 말끔하게 개여 있었습니다.

삼촌은 늦게서야 만복이 아저씨네서 돌아왔습니다.

나는 삼촌에게 강영희라는 아가씨가 우리 집에서 자고 갔고 삼촌에 대해서 물어 보았다고 얘기해 주었습니다. 삼촌은 아무 말 없이 자기 방으로 들어가서는 할머니가 점심 먹으라고 할 때까지 나오지 않았습니다.

방앗간 옆에 새 교회가 번듯하게 들어서고 성대한 헌당식도 했습니다. 면장님도 오시고 읍내의 큰 교회 목사님도 오셨습니다. 무너진 옛날 교회에서는 흙을 파면 동전이 나온다고 아이들은 돈 캐러 가서 휘저어 놓곤 했습니다. 아무도 옛날얘기는 하지 않았습니다. 다시 봄이 와서 목련도 피었다 지고 벚꽃도 피었다 떨어졌습니다.

"이제 돌이켜 보면 참 미안한 게 많아. 나는 항상 뒷전에 있었어."

삼촌이 낮은 목소리 말했습니다.

"그게 어디 네 탓이니? 모든 게 다 하나님의 계획안에 있었다고 봐야지."

만복이 아저씨가 위로했습니다.

"교회나 이 사회나 모든 사람이 같이 공감대를 만들어가면서 조금씩 발전해 가면 좋을 텐데…. 그래서 개혁이 어려운가 봐. 정상적이고 일반적인 절차로 할려면 반대하는 사람들 때문에 진행이 안 되고 그러다 보면 무리하게 되고 그러다 격해지고 그러다가 희생이 생기고…. 희생의 열매는 나같이 비겁한 놈들이 따먹게 되는 모순이 생기게 되지."

삼촌이 한숨을 쉴 때 만복이 아저씨는 고개를 끄덕끄덕했습니다.

인권이

◇◇◇

산으로 오르는 길은 잘 닦여 있고 이정표도 잘 되어 있어서 길을 잃지는 않겠지만 꽤 가파라서 오르기가 만만치는 않았다. 어차피 시간을 맞추어 가는 길이 아닌 데다 길가에 한가로이 피어 있는 꽃들이 새삼스럽게 예뻐 보여서 하나하나 들여다보며 가다 보니 발걸음에 여유가 더해졌다. 그 꽃들은 평소에 관심을 받아 본 적이 없었을 것이고 나 또한 이러한 들꽃에 관심을 가져 본 적이 없었다. 커다란 나무들 틈에 끼어 있어서 햇빛보기도 힘들었을 텐데 싹을 피우고 잎을 내서 결국은 꽃까지 피우는 걸 보면 대견하다 싶었다. 그래서인지 집안에서 기르는 화분 꽃들과는 다르게 억센 가지와 가시들을 가지고 있었다. 살아남는 과정에서 자기를 지키기 위한 몸부림이었을 것이다. 숲속에서 저마다 생존을 위해 엄청난 양의 씨를 뿌리지만 정작 싹을 내는 건 극소수라는 다큐멘터리를 본 적이 있다. 어디 식물뿐이겠는가. 인간의 생존 번식에 존재하는, 형언할 수 없는 경쟁과 악착스러움을 생각하면 삶이란 것이 식물이나 동물이나 모두 고난의 연속아닌가 싶었다.

"아무래도 애 아빠를 한번 만나 봐 주세요. 처음에는 이런 방황이 마음을 추스르는 일탈 정도로 그러려니 했어요. 그런데 점점 더 깊어지는 것 같아요. 무슨 일이나 없는지 걱정도 되고요."

지평리에서

인권이 아내의 목소리에는 걱정이 배어 있어서인지 힘이 푹 빠져 있었다. 눈을 어디에 두고 얘기해야 하는지 손을 어디에 두어야 할지 모르고 안절부절하지 못하는 모습이 안쓰러웠다.

"무슨 일이야 생길 게 있겠어요?. 한꺼번에 여러 일이 겹치다 보니 마음을 좀 다스리고 싶은가 보죠."

"알죠. 그래서 저도 처음에는 바람이나 쐬고 오라고 다독였어요. 그런데 집을 떠나 있는 시간이 점점 더 길어지고 연락도 뜸해지는 게 불안해져요. 가서 한번 만나 봐 주세요. 어디 있는지도 어렵게 어렵게 수소문해서 알아냈어요. 다행히 어머니께는 가끔 연락을 해요. 왜 또 하필 절인지 참."

"절이요?"

내가 의외라는 듯이 되물었다. 어릴 적부터 독실한 카톨릭 신자로서 성당에서 사목회장까지 지낸 사람이 절에 들어가 나오려고 하질 않는다는 게 나로서도 이해가 되질 않았다. 정말로 뭔가 일이 있는 게 아닌가 하는 생각이 얼핏 들었다.

30년 이상 한 공직 생활에서 은퇴한 후 우울증 걸리지 않게 조심하라고 다들 농담을 했었는데 우울증이 아니라 위암이 발견되어 모두를 난감하게 만들었다. 수술하고 나서는 스페인의 산티아고 순례길을 가겠다고 몸 관리를 하면서 준비하더니 갑자기 사라졌다 나타나곤 하는 일이 반복되었었다. 어디 갔었냐고 물으면 '스페인까지 갈 필요 있냐? 대한민국에 좋은 순례길이 얼마나 많은데' 하길래 배낭 여행을 다니나 보다 생각하고 있던 터였다. 그런데 갑자기 절이라니 얼토당토않은 얘기였다.

"이런 때일수록 더 매달려 기도를 해야 할 텐데 절이라니 무슨 일을 하고 있는지…."

"연락은 해 보셨어요?"

"아니에요. 여기 있다는 것도 며칠 전에 알았어요. 제가 갈까 하다가 부탁드리는 거예요. 그래도 친구 분한테는 속마음을 털어놓지 않을까 해서요."

그 친구가 공직에 있을 때 가끔 신세도 져서 자주 만났는데 은퇴 이후 좀 뜸해졌다 싶은 데다 마침 시간도 여유가 있어서 찾아가 보겠노라고 약속했다. 그런데 주소를 받아든 나는 다시 한번 의아했다. 나도 그렇지만 그 친구도 의정부와 어떤 연고가 있는 것 같지는 않았기 때문이다. 어디 멀리 간 것도 아니고 가까이 있었구만 하는 생각이 들었다.

사실 서울에 살면서도 의정부시에 대한 얘기는 많이 들었어도 실제로는 와 본 적이 없다. 의정부라는 도시에 대한 나의 인상이 그리 좋은 것도 아니었고 딱히 올 일도 없었다. 이번 일만 아니라면 아마 가까운 시일 내에 아니 어쩌면 영영 내가 의정부에 올 일은 없었을지도 모른다.

만났다 헤어졌다를 반복하던 계곡물은 제법 큰 폭포를 만들어 힘자랑을 하고 있었다. 흰 거품을 만들어 가며 바위를 훌쩍 뛰어넘고 떨어진 낙엽을 몰아서 큰소리를 쳐가며 거침없이 흘러가고 있었다. 하지만 조금 더 내려가면 높은 데를 피해서 낮은 데로, 큰 바위를 돌아서

지평리에서

소리 죽여 가며 흐를 것이다. '네가 아직 젊구나' 하면서 살짝 웃어 주었다. 계곡물 위로 다리가 놓여져 있고 그 위로 돌계단이 있었다. 계단을 하나하나 오를 때마다 다리에 힘을 주었다. 절을 찾아간다는 것이 어색한 나로서는 한 발자국을 뗄 때마다 그동안 내가 몸담았던 세계에서 멀어지고, 전혀 새로운 세계로 접어드는, 뭔가 익숙지 않은 분위기에 휩쓸리고 있었다. 다리를 건너면서 되돌아서서 내가 걸어온 숲길을 바라보았다. 이제는 의정부 시내의 높은 빌딩들도 보이지 않았다. 차 소리도 들리지 않았다. 나뭇잎이 툭툭 떨어져 쌓이고 있었다. 아침 기운이 사라진 숲에는 청량함보다는 적막함이 가득했다.

다리를 건너 돌계단을 몇 개 오르자 절 마당이 훤하게 펼쳐졌다. 계단을 넘어서는 게 속세를 벗어나는 관문인 듯했다. 눈 앞 저 멀리 노란색 빨간색이 어우러진 대웅전이 보이고 오른쪽으로는 부잣집 사랑채와 같이 마루가 둘러진 요사체가 있었다. 숲에서 느꼈던 적막감과는 또 다른 적막감이 내 온 몸을 감싸 안았다. 큰 소리도 없고 부산스러움도 없고 이해관계도 없었다. 적어도 겉으로는 그렇게 보였다. 인적 없는 동네에 낯선 사람이 나타나자 한가로이 오가던 몇몇이 나를 바라보았다. 내가 그리로 다가가자 그들은 내게 합장을 하며 고개를 숙였다. 나도 어색하게 고개를 숙였다.

"혹시 여기에 윤인권 씨라고 계신지요? 친구입니다."

상대방의 경계심을 풀어주고 쉽게 접근하고자 그들의 할 법한 질문에 앞서 대답해 버렸다. 그들 중 하나가 머뭇머뭇하더니 바로 알았다는 듯이 말했다.

"아. 처사님이요? 글쎄 지금 어디 계신가? 아마 지금쯤 수행 중이실 것 같은데…."

"수행이요?"

"예. 오전에는 내내 참선을 하신다고 들었어요. 저희는 잘 몰라요. 우선 스님께 여쭤 보세요. 저쪽으로 돌아서 대웅전에 계실 거예요."

나는 어색한 자리가 될 것 같아서 마다했다.

"아니요. 혹시 그 친구 거처하는 방을 알려주시면 거기서 기다리겠습니다."

"글쎄, 그건 좀…. 가르쳐 드려도 되는 건지…."

"아. 그러시면 저기 벤치에 앉아서 기다리겠습니다. 경치도 좋고 날씨도 좋은데요."

큰 느티나무 아래 벤치는 자리가 좋았다. 절로 올라오는 숲속 길이 멀리까지 보이고 아쉬운 듯하면서 조금씩 조금씩 다가와야 하는 과정을 보여주고 있었다. 나도 저기로부터 한 걸음씩 이리로 다가왔었다. 건너편 산에는 단풍이 물들고 있고 그 사이에 있는지 계곡 물소리는 여전히 정겨웠다. 지나가는 바람에 몸을 맡긴 풍경이 잊은 듯 만 듯 칭칭 소리를 살며시 던져주고, 멀리서 산새도 찌리릭 소리를 들려주며 살짝 찾아 왔다가 계곡 속으로 날아갔다.

돌아보면 그의 인생은 이번 일이 생기기 전까지는 너무나 평탄한 길이었다. 부유한 집안에서 태어나 좋은 학교와 외국 유학까지 마치고 평탄한 공무원의 길을 걸었고 내내 여유 있는 경제력 덕분에 그는 항상 넉넉하고 부드러웠다. 성격이 모나지 않고 친화력이 있어서 누구나 그를 좋아했고 또 하고자 하는 일은 대체로 그가 마음먹은 대로 풀려 나갔다. 그러다 보니 근래 몇 년 새 일어난 일에 대해 감당하지 못하고 있는 것이다. 오래전 어린 딸을 먼저 보내고 났을 때도 한동안 크게 흔들렸지만 금세 일어났는데 이번에는 모든 상황이 흐트러져 버리자 쉽게 무너져 버린 것이다. 어려움에 대한 인내력은 키우지 못한 것이다.

아쉬운 것 없이 자라온 그는 큰 욕심을 내가며 악착같이 살려고 하지 않았고 끝까지 그런 모습을 유지하고 싶어 했다. 아들딸을 곁에 두고 지원해 주고 손자손녀들을 보살펴 가며 사는 것이 자기의 남은 꿈이라고 했다. 하지만 미국에 유학을 보낸 딸이 현지에서 결혼해 눌러앉아 버렸을 때 그는 낙담했다. "내가 죽기 전까지 몇 번이나 더 볼 수 있을까" 하며 왼쪽 팔이 하나 떨어져 나간 것 같다고 했다.

그런데 나머지 오른쪽 팔이 떨어져 나간 데 대해 그는 거의 절망을 했다. 대학을 잘 다니고 군대까지 갔다 온 그의 아들이 신부님이 되겠다고 신학교로 들어갔을 때 그의 좌절감은 옆에서 보기 안쓰러울 지경이었다. 자식들을 곁에 두고 손자손녀를 보면서 사랑을 듬뿍 얹어주고 싶다던 그의 인생 후반이 날아간 것이다.

"나에게 후손이 없는 거잖아. 나중에 내 무덤에 찾아올 사람이 없는 거잖아. 내 제삿날을 기억해 줄 사람이 없는 거잖아."

그렇게 말하는 그는 한없이 쓸쓸해 보였다. 늘어진 어깨가 한번 움찔하더니 긴 한숨이 흘러나왔다. 눈가에 슬쩍 물기가 스치는 듯했다.

"제삿날까지 챙기려구? 이제 우리 세대의 사고방식은 포기해야 돼."

내가 위로랍시고 말했을 때 그는 고개를 푹 숙이고 말았다. 예정되어 있는 것이었지만 하필 그때에 직장에서 은퇴하고, 또 바로 위암이 발견되어 수술하는 과정에서 그는 많은 생각을 했을 것이다. 죽음이라는 것이 내게서 아주 멀리 있는 게 아니고 이제는 맞이할 준비를 해야 한다는 생각을 했을 것이다. 그때 그가 가지고 있던 가치관이 얼마나 도움이 되었을까. 잘못된 것은 아닐 수 있다. 하지만 '죽을 때까지 꼭 붙잡고 있어야 할 것인가. 이제는 놓아주어야 하는 것은 아닌가?' 고민이 많았을 것이다. 어쩌면 그때 했던 그의 말이 진심으로 공감이 갔다. "그래 우리는 어쩔수 없는 혼란의 세대야. 머릿속에는 유교의 고리타분함이 자리잡고 있고 행동은 천주교인으로 행동하면서 그래도 마음은 채우지 못하고 텅 빈 것같고. 우리는 가치관이 뒤섞여 있으면서도 아무런 충돌 없이 잘 살아왔어. 그런 걸 따질 이유도 없었고 그럴 겨를도 없이 살아왔어. 하지만 어려움이 닥치니까 어디에 기대야 하는지 올바른 벽을 못 찾겠어. 당연히 이거라고 생각했는데 아닌 것 같고 저건가 했는데 그것도 아닌 것 같고. 그래서 저쪽으로 가보고 또 더 먼 저쪽을 바라보며 방황하고 있는 거야."

바람이 쉬익 불더니 느티나무 잎이 우수수 떨어졌다. 아무도 없는 고즈넉한 가을날이었다.

"이제 정신이 드니?"

그가 내 등을 툭 치며 물었다. 항상 그랬듯이 웃음을 머금은 그의 표정에는 편안함이 보였다.

"언제 왔어?"

"좀 전에 왔는데 삼매경에 빠진 게 참선하는 것 같아서 기다렸어. 기다림도 선의 하나야."

첫마디에서 불교적인 용어가 자연스럽게 묻어 나왔다.

"승복이 편안해 보인다."

내가 맞장구치듯이 대답하자 그가 멋쩍게 손을 흔들어 보였다. 승복을 훌렁 젖히고는 내 곁에 앉았다. 잠시 아무런 말이 없이 서로 바라보며 마주 웃었다. 꼭 대화가 필요치 않아도 웃음의 의미가 무엇인지 그나 나나 이미 알고 있는 것이다. '어떻게 왔니?' '네 걱정이 돼서 왔다. 잘 지내니?' '그럼 잘 지내고 말고.'

서로 먼 산을 바라보며 혼잣말 같은 대화가 이루어졌다.

"나야말로 네가 참선을 한다길래 기다리고 있었어. 끝났니?"

"끝났으니까 내려왔지. 왔다고 전하지 그랬어. 꼭 해야 하는 것도 아니고 그냥 하는 건데."

"마음을 차악 가라앉히고 편안하게 참선을 하면서 맑은 기운으로 온 몸을 채우고 있을 텐데 방해할 수 없잖아."

"흐음, 아니야. 그 반대야. 선을 하려고 결가부좌나 반가부좌라도 하고 앉아서 눈을 감으면 온갖 번뇌가 다 떠올라 와. 내 앞에, 또 옆에. 무슨 번뇌, 무슨 번뇌하면서 기둥처럼 내 앞뒤를 둘러싸. 그러면 하나하나 다 들여다보면서 내가 왜 그랬을까 잘못했네, 내 잘못이네 하면서 하나하나 쓰다듬으면 그 기둥들이 녹아 내려. 그때는 원망보다는 후회와 반성을 하면서 때로는 눈물을 쏟기도 해. 그래서 처음에는 힘들었는데 이제는 많이 적응을 했어."

멀리서 구름이 흩어지고 있었다. 구름은 헤어졌다 다시 만나는 법이 없이 한번 흩어지고는 조금씩 엷어지며 사라지고 있었다. 회자정리는 있어도 거자필반은 없었다.

"그런데 말야. 그 번뇌들이 녹아 버린다고 했잖아? 그건 해결이 아니고 포기라는 생각이 들어. 고민하고 걱정하고 심지어 싸우기도 하는 건 그에 대한 애정이나 기대감이 있기 때문이잖아. 그 애정과 기대를 포기하면서 그 번뇌들을 달래는 거야. 해결이 아니고 포기. 어쩌면 슬픈 결론이지."

그가 길게 한숨을 내 쉬었다. 그도 흩어지는 저 구름을 바라보고 있는 것 같았다. 아니면 예쁘게 물들어 가는 단풍을 보고 있는 건가? 아니면 떨어지는 낙엽들을 보고 있는 건가?

"몸은 괜찮니?"

내가 화제를 돌렸다

"몸? 몸이야 문제없지. 수술 받은 지도 이제 꽤 됐잖아. 그리고 건강식으로 잘 먹고 스트레스 없이 편안하게 살고 있으니 몸이야 탈 날 이유가 없지."

"그래도 언제 어떤 일이 일어날지 모르는데 나가서 건강검진도 받고 일상으로 돌아와야지 않겠니?"

내가 여기에 온 사명이라고 생각하고 심중을 내비쳐 보였다. 그가 살짝 웃으며 대답했다.

"그럼. 나가야지. 어머니도 계신데."

잠시 뜸을 들이더니 그가 말을 이어갔다.

"내가 암 판정을 받고 수술을 대기하고 있는데 내가 이번에 이렇게 죽을 수도 있구나 하는 생각이 들었어. 그러면서 나 자신을 돌아보게 되는데 무엇보다 내게 충격적인 것은…. 너한테 전에 한 번 얘기한 것 같은데… 나한테 후손이 없다는 것이었어. 내 무덤에 찾아올 사람이 하나도 없구나. 얼마의 시간이 흐른 후에는 나를 기억해 줄 사람이 없겠구나 싶었어. 처음에는 그걸 인정할 수 없었어. 그런데 그걸 인정하는 순간 여러 문제가 해결되었어. 아니 해결이 아니고 포기지."

내가 고개를 돌려 그를 바라보았다. 그는 담담하게 이어갔다.

"우선 돈 욕심? 물려줄 사람도 없는데 내가 쓸 만큼만 있으면 된다. 또 하나. 아이들 교육과 미래를 위한 정보와 관심? 그것도 필요 없게 되었어. 관심 둘 일이 없어지는 거지. 나이 들면 자식 자랑 손자손녀 자랑인데 그것이 나하고 관계없는 세상이 되어 버린 거지. 나이든 사람한테 그걸 빼면 뭐가 남는거지?"

"아이들이 아니고 너 자신의 인생을 가꿀 수 있잖아. 그동안 하고 싶었지만 직장 때문에 가정 때문에 사회적 관계 때문에 미뤄두었던 일들."

"나 자신을 위한 거? 이 나이에 내가 하고 싶은 거? 그게 뭘까?"

숲속으로 길게 늘어진 길을 따라 하얀색이 보였다 안 보였다 하는가 싶더니 한 사람이 올라오고 있었다. 큰 바위를 돌면서 보니 등에 짐을 지고 어깨 줄을 단단히 잡은 자세나 걸음걸이가 산길에 익숙한 듯이 보였다. 몸짓으로 보아 여자였다. 한적하던 산중에 오랜만에 보이는 사람의 몸짓은 나에게 기대감과 불안감을 갖게 만들었다. 나는 거의 절에 와본 적이 없다. 절은 나에게 관광지였지 종교 생활하는 곳이 아니었다. 내가 들은 절 이야기는 초파일에 연등을 달면서 소원을 빈다든가 아들 없는 며느리가 득남을 위해 백일기도 드린다거나 하는 그런 얘기일 뿐이었던 것이다. 그러면 저 여인은 무슨 일로 이 가을 아침에 이 절을 찾아오는 것일까. 꾸부정하고 오르막 내리막을 반복하던 길을 따라서 여인은 보였다 사라졌다를 반복하더니 금세 다리를 건너 입구로 올라섰다. 계단을 올라서 절 마당에 들어서면서 우리를 발견했는지 멀리서 두 손을 모으고 공손히 합장 인사를 했다. 친구도 자세를 고쳐 앉으며 허리 굽혀 인사를 했다.

"합장은 안 해?"

"로마에 가면 로마법을 따르라고 했으니 당연히 나도 해야지. 그런데 아직은 어색해. 가끔은 하고 가끔은 안하고 그래. 주지 스님하고 종교에 대해, 인생에 대해 가끔 얘기를 하는데 열린 마음으로 인정을 해줘. 그러면서 크게 절의 법도를 강요하지는 않아. 다른 사람이 어떻게 하는지를 보고 배우는 것도 수련의 하나라고 인정해 주어서 마음이 편해. 하고 싶은 대로 하고 생각하고 싶은 대로 생각해 보라고 해. 어쩌면 열린 마음이지."

"종교라기보다는 수련의 과정이네?"

"아니야. 그렇게 거창하게 갈 것도 없어. 내가 지고 있는 무거운 짐을 내려놓고 싶을 뿐이지. 지금까지는 다 그러려니 하면서 살아왔는데 이제 돌이켜보면 다 짐이고 사슬이었어. 때로는 자랑이라고 생각했던 것까지 말야. 여기 있다가 세상으로 나가면 무언가 나를 무겁게 누르고 있는 것 같아. 거기서 자유로워지고 싶을 뿐 뭐 거창하게 얘기할 건도 아니야. 아마 곧 될 것 같아."

"득도하는 거야?"

"아니라니까. 왜 그런 것들이 짐이고 사슬이었을까 생각해 보면 다 내 욕심이었어. 그것들만 내려놓을 수 있으면 돼. 지금까지 내가 믿고 의지했던 많은 것을 다시 정리해야 할지도 모르겠어."

분위기가 무거워지자 그가 몸을 움츠리며 가볍게 얘기를 했다.

"공부를 좀 해보니까 겉모습은 달라도 결국은 비슷해져. 학문도 처음에는 수학이었는데 그게 물리학이 되고 또는 철학이 되고 그러잖아. 처음에는 화학이었는데 그게 생물학이 되었다가 다시 화학이 되어 합쳐지고 헤어지고 하면서 전혀 다른 세상을 만들어 내는 그런 거 말야."

그의 말은 항상 우리 곁에 있어서 누구나 공감하게 되는 주제에 유머를 담아내는 명쾌한 언어였는데 이제는 깊고 묵직한 언어가 되어 있었다. 웃음기 가득했던 얼굴에도 깊은 고민을 이겨내기 위한 수련의 과정이 뚜렷이 박혀 있었다.

"그렇지. 지금까지 굳게 믿었던 것을 포기하고 새로운 기준을 만들어 내려는 게 쉽지 않아. 사실은 포기가 아닌데도 가끔은 깊이 많이 아퍼. 그래서 참선도 하고 수양도 하는 거지. 그러니 종교라 생각하지 말고 새로운 인생의 길을 찾는 거다 하면 더 너그러워질 수 있을거야.

그러니 내가 이러고 있는 것도 '어떻게 그럴 수가 있어!' 그러지 말고 스페인 산티아고 가듯이 순례의 길을 걷고 있구나. 자기 자신의 정체성을 찾으려고 노력하는구나 하면서 이해해 줘."

"그래. 그러니 이해할 수 있겠다."

그의 옆모습이 외로워 보였다. 항상 많은 사람 곁에서 웃고 다 받아주던 그가 이제는 스스로를 의지하여 자기를 버텨야 하는 상황이 된 것이다.

"애가 신학교에 들어간 게 너한테 영향을 많이 주었구나."

"물론 그랬지. 충격이었지. 나도 성당에 내내 다니면서 우리 아들이 신부님이 될 거라고는 전혀 눈치를 못챘어. 아들하고 대화가 부족했던 거겠지? 아니 아예 없었어. 모든 게 내가 생각하는 대로 가는 줄만 알았지. 그런데 어느 날 보니 나 혼자 사막 한가운데 툭 떨어져 있는 것 같았어. 아이들은 각자 자기 길 찾아가 버리고 어머니는 요양원에 가 계시고 와이프는 레지오 활동으로 항상 바쁘고…."

"그건 누구나 다 그런 거 아냐? 나이 들면 그러려니 해야지. 너무 많이 생각하면 그게 우울증 되는 거야."

"물론 그렇겠지. 하지만 그걸 계기로 다른 것들까지 다 돌아보게 된 거야. 모른척하며 살았을 것들. 이미 잊힌 것들. 다 지나간 것들까지 말야. 다시 번쩍 번쩍들 일어나서 내 앞에 앉는 거야. 예를 들면…."

그가 잠시 말을 끊으며 하늘을 바라보았다.

"어려서 죽은 우리 딸내미. 예쁜 내 딸. 요즘은 그 애가 그렇게 보고 싶어. 내가 남편으로서 아버지로서 친구로서 또는 직장 동료로서 남

지평리에서

들이 하는 만큼은 했다고 생각해. 그런데 그 애한테는 해준 게 없어. 다시 내 앞에 서면 다 주고 싶어. 보고 싶어."

그의 목소리가 젖어 들어갔다. 깜찍하게 예뻤던 그의 딸은 네 살 때인가 갑자기 머리가 아프다고 며칠 울고 약을 먹고 하다가 병원에 갔는데 그대로 허망하게 세상을 떠났었다. 원인을 밝히려면 부검을 해야 한다고 해서 포기하고 그대로 보내고 말았었다.

생각하면 그는 세 아이를 각기 다른 모습으로 보내야 했다. 하나는 죽음으로 하나는 먼 나라 낯선 나라 낯선 민족에게 보내고, 남은 하나마저 하나님의 아들로 내주어야 하는 아픔을 이겨내고 있는 중이다.

"저어… 공양시간이 지나서…"

여자분이 언제 왔는지 두 손을 모으고 조심스럽게 얘기했다. 먼 하늘만 바라보던 우리는 놀라서 고개를 돌렸다.

"방에 따로 준비를 했습니다."

그녀가 대답을 기다리는 듯이 고개를 숙였다.

"예. 감사합니다. 가겠습니다."

"친구분이 오셨다고 해서…"

그녀가 말끝을 흐리며 뭘 잘못이라도 했다는 듯이 몸을 뒤척였다. 뒤로 물러나 앉아있던 그가 일어나 앉으며 나를 툭 쳤다. 그러고 보니 그 여인은 아까 산을 올라오던 그 여인인 듯했다. 내가 둘을 둘러보았다.

"가자."

그가 내 시선을 무시하듯이 벌떡 일어났다. 나도 따라 일어나며 그녀를 다시 한번 바라보았다. 그녀는 내게 고개 숙여 인사를 하고는 대

인권이

웅전 쪽으로 몸을 돌렸다. 걸음걸이가 단정하고 조신했다. 그는 무심히 앞서갔다. 요사체 방은 여럿이 비어 있는 듯 했다. 그의 방은 요사체 제일 끝에 있었는데 문마저 산 쪽으로 따로 나 있어서 별채와 같은 느낌이 들었다. 방에는 밥상이 정갈하게 차려져 있었다. 물병 두 개와 작은 잔이 두 개 올려져 있는 게 의외였다.

"친구가 왔다고 하니까 반찬 몇 가지 하고 소주를 사 왔을 거야. 앉아. 소주병까지 올리긴 미안한지 가끔 이렇게 물병에 소주를 담아다가 갖다 줘."

내가 자리잡아 앉으며 그를 건너보았다. 말은 안 해도 뭔가 설명이 필요한 거 아니냐 하는 듯이. 그가 내 잔을 따르며 툭 던지듯이 말했다.

"내가 요즘 신세 지고 있는 분이야."

깍듯이 예우를 하는 게 다소나마 나를 안심시켰다.

"작년 봄인가? 내가 처음 이곳에 왔을 때 머리가 복잡해서인지 며칠 안 돼서 내가 심하게 앓았어. 그때 내 병간호를 해주기 시작해서 여태까지 신세만 지고 있지."

덤덤하게 얘기하지만 어딘가 변명이 들어가 있는 것 같았다. 하지만 내가 뭐라 캐물을 일은 아니었다.

"절에서 마시는 술은 더 맛있는 것 같다."

내가 농담을 건네며 너를 의심하는 게 아니야 하는 표정을 지었다. 그가 가볍게 대꾸했다.

"성경에 나오는 십계명 알지? 십계명의 앞쪽은 하나님과의 약속이고 뒤에는 인간에게 주는 계율이 나오잖아. 뭐 살인하지 말라. 도적질하지 말라. 그런 거. 불교에는 5계라고 있는데 비슷해. 살생하지 마라. 도적질하지 마라. 그런데 마지막에 술 마시지 말라고 나온다? 왜 술을 콕 집어 얘기했는지 모르겠어. 우리는 지금 그 5계를 범하고 있는 중이야. 그것도 절에서."

그가 풋 웃었다가 다시 고개를 숙이며 목소리가 잦아들었다. 내가 거들었다.

"범죄를 예방하는 차원에서 미리 술 마시지 말라고 했겠지."

"살생이나 도적질은 그 자체가 범죄지만 술 마시는 행위 그 자체는 범죄가 아니잖아. 범죄를 예방하는 방법이 술 마시지 말라 하는 것만 있는 건 아닌데 말야."

"괜히 술 마시는 게 미안하니까 시비를 거는구만."

우리는 마주 보며 실없이 웃었다. 그가 고개를 들더니 오해를 풀어야겠다는 듯이 빠르게 설명했다.

"아까 그분 말야. 음… 누구인지도 모르고 어려서부터 이 절에서 자랐대. 스님들과 보살님들이 부모고 이 집이 고향인 거지. 실제로 본적지가 이 절로 되어 있어. 그러다가 중학교 겨우 마치고 낮에는 일을 하면서 야간 고등학교를 졸업했대. 그 다음부터는 드라마에 나오는 그대로야."

"드라마?"

"뭐 그런 거 있잖아. 일하다 어떤 남자 하나 만나서 매 맞으며 어렵게 어렵게 살다가 결국은 헤어지고 여기저기서 일하다 미군 클럽에 들어가 일하고, 그러다가 미군 하나 만나서 애 낳고 살다가 그 미군은 자기네 나라로 돌아가고 혼자 애 키우고…"

"아까 잠깐 보기에는 그런 고생하신 것 같지 않게 단아하고 조신하던데?"

나도 최대한 예우를 했다.

"그럼. 자연에는 자생능력과 자정능력이 있잖아. 산불이 크게 나서 다 타버린 산에도 몇 년이 지나면 새 싹이 돋고 나무들이 다시 자라고, 오염된 토지도 몇 년 비바람 맞으며 견디면 깨끗해지잖아. 사람의 몸과 마음도 그렇다고 생각해. 과거는 어쨌든 지금의 저분은 어느 누구보다 바르고 깨끗하다고 생각해."

그의 말에는 단호함이 있었다. 확신을 넘어 어떤 각오까지 엿보였다.

"조금은 부담스럽기도 해. 여태까지 살아오면서 만난 사람 중에 내가 공부도 제일 많이 하고 제일 높은 자리에 있었던 사람이고 제일 점잖은 사람이래. 우리 주위는 다 그런 사람들이잖아. 대학 나오고 회사의 임원 정도 하고 밥 굶을 걱정은 안 하는 그 정도는 되잖아. 그런데 저분한테는 그게 딴 세상인 거야. 저분은 무얼 잘못한 거지? 우리는 무얼 그리 잘한 거지? 하나님이나 부처님은 어떻게 설명하실지 모르겠어."

"너를 존경한다 그런 건가?"

내가 '사랑이 아니고?'라는 말이 맴도는 걸 참고 물었다.

"글쎄. 존경이란 단어가 나한테 어울리는 건지 모르겠어. 하지만 저분이 보기에는 다른가 봐."

"자주 만나니?"

　　　　　　　　지평리에서

"주말에는 아는 사람 식당에서 일을 해. 화요일쯤 와서 2, 3일 있다 가지. 오늘은 누군가로부터 네가 왔다는 얘기를 듣고 일부러 왔을 거야. 이거 이거 싸들고."

젓가락으로 반찬 몇 개를 가리켰다. 생각해 보면 그런 것들은 절 음식이 아니었다.

"가끔은 아까 그 느티나무 아래 벤치에 앉아서 데이트를 즐겨. 내 얘기를 들어주고. 그의 얘기를 들어주면서 말야. 어떤 때는 몇 사람이 더 모여서 주스에 과자까지 준비된 호사스러운 파티가 되기도 해."

가을바람이 한 차례 지나가는지 스스슥 나뭇잎 소리가 문을 두드리듯 했다. 또 한 움큼의 낙엽이 떨어졌을 거고 나무는 그만큼 더 허전해졌을 것이다. 그 모습이 눈앞에 있다면 우리는 분명 남아 있는 잎보다 떨어져 뒹구는 낙엽들을 더 아쉬워 했을 거다.

"뜬금없는 소리 같은데 말야. 성경에 간음하고 돌에 맞기 전에 예수님이 구해준 그 여인과 막달라 마리아가 같은 사람이라고 했던가?"

"아니지. 전혀 다른 사람이야. 막달라 마리아가 예수님의 제자였는지, 후원자였는지 아니면 정말로 부인이나 연인이었는지 설이 많았는데 거기에까지 갖다 붙인 거지. 성경에는 마리아가 많이 나와. 우선 성모 마리아. 네가 말한 막달라 마리아 그리고 나사로의 누이 마리아 그 외에도 요셉의 어머니 마리아. 뭐 그리 그리 그리해서 마리아가 많으니까 서로 혼동되면서 그 여인이 그 여인 아닌가 하지만 완전히 다른 사람이야."

그가 잠시 말을 멈추었다가 고개를 숙이며 말을 이었다.

"네가 왜 그런 질문을 하는지 알아. 그런데 그건 너무 앞서간 거야."

나도 괜한 말을 한 것 같다는 생각이 들면서 다음 말을 찾지 못하고 있었다. 그의 말대로 너무 앞서간 편견이었는지 모른다. 막달라 마리아가 일곱 귀신에 씌워 있을 때 거기서 구해준 예수님을 바라보는 시선과 조금은 비슷하지 않은가 하는 생각이 얼핏 들었던 것이다. 변명하듯이 다음 말을 준비했다. 하지만 머리에서만 맴돌 뿐 입 밖으로 말할 수는 없었다. '우리는 자기 자신의 처지에서 벗어나 다른 세계로 가고자 하는 동경이 있잖아. 그 세계는 같은 일을 해도 내가 살고 있는 현실과는 다른 결과를 나에게 안겨 줘. 그런데 그 세계로 넘어가는 길이 쉽지는 않아. 그래서 그 동경의 세계로 가고자 끊임없는 노력을 하지만, 그 세계로 가는 길이 불가능하다 싶으면 대부분은 포기하면서 배척하고 비난을 하게 되지. 하지만 또 다른 부류는 거기에 있는 사람과 나를 동일시하면서 대리 만족을 느끼기도 하잖아.'

그가 말없이 술을 마셨다. 반찬을 집는 둥 마는 둥 하더니 다시 술을 마셨다. 그의 속마음을 알 것 같았다. 그런 말을 한 내가 그리고 그런 생각을 한 내가 오히려 부끄러워졌다. 내가 말머리를 돌렸다.

"그분한테 아이가 있다고 했잖아? 그 아이는 어떻게 됐니?"

그도 고개를 들어 다시 웃으며 내게 잔을 내밀었다.

"그 미군하고 사이에 딸이 하나 있어. 그런데 학교 다니면서 혼혈이라고 따돌림도 많이 당하고 힘들었나 봐. 같은 학교에 혼혈 아이가 몇명 더 있었는데 그중 하나하고 결혼해서 미국으로 가서 잘 살고 있어. 그분한테는 참 다행이고 가끔 딸 전화를 받는 게 낙인 것 같더라."

"그렇겠다."

내가 고개를 끄덕이며 과장을 섞어 맞장구를 쳤다.

"옛날얘기 하나 해줄까?"

그의 얼굴에 다시 생기가 돌았다. 내가 갑자기 무슨 얘기인가 미소를 지어 응답했다.

"옛날 어느 선비네 집에 딸이 하나 있었는데 너무 예쁘고 발랄해서 온 집안의 보물이었대. 그런데 어느 날 그 딸이 갑자기 병이 들어서 죽고 말았대. 식구들의 슬픔은 말로 다 할 수 없었겠지. 특히 그 선비 부부는 너무 상심해서 같이 죽을 지경까지 됐는데, 어느 날 그 부부가 같은 꿈을 꾼 거야. 딸이 꿈에 나타나서 산 너머 좋은 집안의 딸로 다시 태어났으니 이제 내 걱정은 말고 어서 일어나시라 하면서 곱게 절을 하고 돌아서는데, 발뒤꿈치에 까만 점이 선명하게 보이더라는 거야. 두 부부가 일어나서 꿈 얘기를 하다가 너무 신기해서 수소문을 해보니 정말로 건너건너 동네 부잣집에 손녀가 태어났다는 거야. 그래서 그 집에 가서 아기 구경 좀 하자고 하면서 보니 그 아기 발뒤꿈치에 정말 까만 점이 있더라는 거야."

처음 얘기를 시작할 때와는 달리 그의 목소리에 점점 힘이 빠지고 있었다. 마지막에는 말소리가 느려지고 군데군데 한숨이 섞여 나오곤 했다. 나는 그가 어려서 잃은 그의 딸을 생각하고 있음을 알 수 있었다. 조금 전에도 그 아이가 보고 싶다고 울먹이지 않았는가.

"그게 무슨 얘기인데?"

내가 그의 상념을 깨어주려는 듯이 끼어들었다. 그가 다시 웃음을 머금으며 얘기를 이어갔다.

"얼마 전에 그분 딸이 미국에서 엄마 본다고 왔었어. 남편과 아이들도 같이 왔는데 항상 한국에 오면 들르지만 이번에는 나한테 인사도 할 겸이라고 하면서 여기까지 올라왔다 갔어."

다시 그의 말이 끊어졌다. 말을 가다듬는지 망설이는 모습이었다. 결심했다는 듯이 잔을 힘있게 내려놓으며 나를 빤히 바라보았다.

"그런데 말야. 그 딸 입 옆에 까만 점이 있는 거야. 내가 아득했어. 일찍 죽은 우리 애 입가에 점이 있었다는 생각이 들었어. 나이도 우리 애보다 다섯 살이 어렸어. 우리 애가 떠나던 해에 태어난 거지. 바로 집에 가서 사진을 다 뒤져 보았어. 그런데 이미 그 애 사진은 다 없애 버렸어. 찾을 수가 없었어. 할 수 없이 집사람한테 물어보았어. 그 애 입가에 점이 있었지 않냐고. 없었다는거야. 내 기억에는 분명히 있었거든."

그가 다시 한숨을 크게 내쉬었다.

"엄마의 기억이 맞겠지?"

다시 그의 말에 물기가 섞이기 시작했다. 여태까지 잘 살고 있구나 했는데 머릿속이 복잡해졌다.

"이 대목에서 살짝 걱정되는데? 환상이나 집착 같은 거 아냐?"

"아니야."

그가 자세를 고쳐 앉으며 단호하게 부정했다.

"그 애 입가에 점이 없었길 다행이지, 만약에 있었으면 소름끼칠 뻔 했다."

"나도 알아. 그냥 재미있는 해프닝 아니냐고 얘기해 봤을 뿐이야. 나도 점이 없었다는 게 정말 다행이라고 생각하고 있어. 또 하나의 업보에 엮이게 될 거잖아. 그뿐이야."

두 번째 병도 거의 비워져가고 있었다. 한쪽에 치워진 빈 병에는 마치 슬픈 노래가 가득 담겨 있는 것 같았다. 툭 치기만 하면 기다렸다는 듯이 눈물을 펑펑 쏟아내며 가슴에 묻어두었던 슬픈 가을 노래를 터질 듯 불러댈 것 같았다.

"요즘 말야, 나의 화두는 새로운 인연이야. 이제 한동안 나를 괴롭혔던 예전의 일들은 많이 정리됐어. 많이 힘들었지만 이제 그랬었지 하면서 넘길 수 있게 됐어. 그러다 보니 나에게 다가온 화두가 '나에게 새로운 인연이 필요한가?'였어. 예전에는 내게 주어지는 모든 인연이 기회라고 생각했어. 출세할 기회, 돈을 벌 기회. 행복해질 기회.. 뭐 그런 거. 그런데 지금 생각하면 인연은 기회가 되기도 하지만 대부분이 업보였어. 나에게 책임이 주어지고 풀어야 할 숙제를 주는 업보 말야."

"그래. 그 말에 일리가 있다."

내가 동조를 하자 그의 표정에 자신감이 묻어났다.

"어느 스님의 얘기인데. 예전에는 옷깃만 스쳐도 인연이라고 했잖아. 그런데 복잡하고 다난한 현대 생활에서는 너무 많은 인연이 오히려 소중한 인연의 기회를 뺏고 있다는 거야. 스쳐가는 인연은 흘러가게 두어야 소중한 인연의 기회를 놓치지 않는다는 거야. 나도 만났던 인연 중에서 흘러가는 인연은 흘러가게 두려고. 어쩌면 많은 인연이 이미 저 멀리 흘러가 버렸을지도 몰라. 나를 기억하지도 않고, 필요로 하지도 않는 그 인연들 말야."

갑자기 그가 고개를 들어 문밖을 보며 자세를 고쳐 앉았다.

"예에."

나도 고개를 돌려 보았다. 그 여인이 몸을 살짝 숨긴 채 서 있었다.

"혹시 뭐 부족한 게 있나 해서요."

"아닙니다. 아직 많이 남아 있어요."

내가 대답하며 자세히 바라보자 그녀가 슬며시 돌아섰다. 내가 생
각났다는 듯이 물었다.

"저… 혹시 봉투같은 거 없나요?"

"봉투요?"

그녀가 돌아서서 내게 되물었다. 동그란 눈매가 친근하고 부드러웠다.

"예. 편지 봉투 같은 거요."

"편지 봉투요?"

"예. 하나 얻을 수 있나 해서요."

"알아볼게요."

그녀가 돌아가자 무심히 있던 그가 마지막 잔을 따랐다. 내 말을 기
다리고 있는 걸 알아차렸다.

"환대에 보답이라도 했으면 해서."

그가 내 눈을 바라보며 진지한 표정으로 말했다.

"그분한테는 안하는 게 좋겠어. 나도 많이 생각해 보았는데 오히려
상처를 줄 수 있다고 생각했어. 지금 이대로가 좋아. 아까도 말했지만
스쳐가는 인연은 흘러가게 둔다면서 또 다른 인연에 엮이는 건 아니라

192

고 생각해. 어쩐지 자꾸 새로운 인연으로 다가오는 것 같아서 부담스러워. 우리의 인연도 흘러가게 두어야지."

"그런데 모든 인연을 일부러 끊고 맺는 게 아니라 맺어지는 건 맺어지게 두고 흘러가는 건 흘러가게 두는 게 순리 아니겠니?"

"그래. 그럴 수 있겠다. 하지만 새로운 인연에 다시 매이는 건 지금까지 했던 수행의 결과를 돌려놓는 것밖에 안돼. 지금까지 들었듯이 자꾸 묵직한 인연으로 다가오는 게 두려워."

그의 목소리에 힘이 빠졌다. 술잔을 만지작거리는 게 마치 자신 없어 하는 어린이 같다는 생각이 들었다. 그가 다시 묵직한 목소리로 던지듯이 말했다.

"그분은 나보다 더 할 거야. 어려운 이별을 많이 경험했잖아. 이러한 인연을 흘려보내는데 나보다 더 익숙할 거야. 얽매이고 싶지 않을 뿐이지 그렇다고 해서 모르는 척, 없었던 것으로 한다는 건 아니니까."

"그래. 그러면 절에 시주하는 걸로 할게. 그렇게라도 하고 싶어서."

"선업을 쌓는구나."

그는 고개를 끄덕여 동조해 주었다.

"선업?"

"응. 이 세상에서 좋은 일을 많이 하면 다음 생에서 좋은데 태어난다고 하잖아. 그걸 거꾸로 얘기하면 다음 생에 좋은 데서 태어나기 위해 이번 생에서 미리 쌓아두는 좋은 업인거지."

"그런 생각까지는 아니야. 오늘이 고마울 뿐이지."

"이번 생을 정리하고 다음 생을 준비하기에는 아직 이른가?"

그녀가 돌아와 살며시 봉투를 내밀었다. 나는 지갑을 열어 돌아가는 데 필요한 금액 정도만 남기고 수표와 현금을 다 넣었다. 그가 놀라는 표정을 지었으나 아무 말 없이 바라만 보았다.

"감사합니다. 과분한 신세를 진 것 같아서 약소하지만 시주라도 하고 싶어서요. 제가 술도 한잔해서 대웅전까지 가기가 어렵네요. 죄송하지만 대신 좀 부탁드립니다."

내 말에 그녀는 어쩔 줄 몰라 했다.

"가을 산은 어둠이 일찍 와. 자고 갈려면 한 상 더 부탁하고 아니면 지금쯤 떠나야 할 거야."

그가 어색한 분위기를 깨려는지 말머리를 돌렸다.

"가야지. 이제."

그가 그녀를 바라보았다. 같이 내려가야 하는 것 아니냐는 물음이었다.

"저는 오늘 자고 가려고요. 오랜만에 영주 보살님이 오셔서요. 같이 자려고 위채에 약속을 해두었습니다."

"예. 그렇군요."

"그래. 말이 나온 김에 나는 이만 내려갈게."

내가 두리번거리자 그도 옷매무새를 가다듬었다.

정말 가을 햇살은 힘을 잃고 검은 그림자가 산을 에워싸기 시작했다. 대웅전 뒤에서 개 짖는 소리가 들렸다. 그곳에 한 무리가 모여 있는 것 같았다.

그녀가 합장하며 인사했다. 나도 마주 합장을 하며 아쉬운 인사를

지평리에서

했다. 느티나무는 힘들 때면 언제든 다시 오라고 내가 항상 지키고 있 겠노라 하는 듯이 가지를 흔들어 주었다. 비어 있는 벤치를 한번 쓰다 듬어 보았다.

인권이의 편안한 얼굴에 다시 웃음이 흐르고 있었다. 그동안 어릴 적부터 몸에 배어있어서 당연시했던 모든 기준에서 벗어나 그의 새로 운 삶의 의미를 찾았다고 안도하는 모습이라는 생각이 들었다. 그의 기쁨이었던 인연이 업보라고 느껴졌을 때 그의 짐은 감당하기 어려웠 을지 모른다. 이제 온몸을 감싸고 있던 수많은 인연의 업보에서 벗어 나 더 소중한 인연들을 소중하게 지켜가며 살아갈 그를 다시 한번 깊 이 바라보았다.

절 마당 끝에서 계단을 내려서자 이제 다시 그 사연 많은 속세로 돌 아가는구나 하는 생각이 들었다. 다리를 건너면서 돌아보니 가을 햇 살을 등지고 서 있는 그의 실루엣이 느티나무 아래에 당당히 서 있었 다. 하지만 그 속에 있는 모든 것을 비워낸 모습이 날아갈 듯이 가벼 워 보였다. 마치 훌쩍 뛰어내리면 저쪽 계곡으로 훨훨 날아갈 수도 있 겠다 싶을 정도였다. 거기에는 어떠한 고초와 번뇌도 담겨 있지 않았 다. 그는 손을 흔들거나 소리를 치지 않았다. 먼 산을 응시하는 듯한 그의 모습을 나는 한참을 서서 바라보았다. 가을 산의 정기가 모여 그 의 주위를 에워싸고 있었다.